लोकमाता
अहिल्याबाई

लोकमाता अहिल्याबाई

अरविंद जावलेकर

प्रभात प्रकाशन

प्रकाशक • **प्रभात प्रकाशन प्रा. लि.**
4/19 आसफ अली रोड,
नई दिल्ली-110002

संस्करण • 2025
मूल्य • चार सौ पचास रुपए
मुद्रक • नरुला प्रिंटर्स, दिल्ली

LOKMATA AHILYABAI
by Shri Arvind Javlekar ₹ 450.00
Published by Prabhat Prakashan Pvt. Ltd., 4/19 Asaf Ali Road, New Delhi-2
e-mail: prabhatbooks@gmail.com ISBN 978-93-5322-971-9

श्रीमती सुमित्रा महाजन
Smt. SUMITRA MAHAJAN

महिला सशक्तिकरण वर्ष
Women's Empowerment Year 2001

राज्य मंत्री
मानव संसाधन विकास मंत्रालय
(महिला एवं बाल विकास विभाग)
भारत सरकार
नई दिल्ली-110 001
MINISTER OF STATE FOR
HUMAN RESOURCE
DEVELOPMENT
(DEPT. OF WOMEN &
CHILD DEVELOPMENT)
GOVERNMENT OF INDIA
NEW DELHI-110 001

प्रस्तावना

पिछले वर्ष महिला सशक्तिकरण वर्ष के अवसर पर जब महिलाओं के लिए प्रेरणादायी आधुनिक भारत की प्रमुख स्त्रियों, लोकमाता देवी अहिल्याबाई होल्कर, छत्रपति शिवाजी की माता जीजाबाई, झाँसी की रानी लक्ष्मीबाई, अपने न्यायिक अधिकारों के लिए लड़नेवाली तमिलनाडु की देवी कण्णगी तथा स्वतंत्रता संग्राम नागालैंड की रानी गाइडिन्ल्यू के नाम पर पाँच राष्ट्रीय स्त्री शक्ति पुरस्कारों की स्थापना की गई थी। तभी यह विचार भी मन में उत्पन्न हुआ था कि पुरस्कार के साथ ही मातृशक्ति द्वारा किए गए अद्‍भुत कार्यों से भी नई पीढ़ी को परिचित कराया जाना चाहिए। विपरीत परिस्थितियों में भी धैर्य के साथ मार्गक्रमण करते हुए सफलता के शिखर पर पहुँचनेवाली इन स्त्रियों का जीवन-चरित्र जब नई पीढ़ी के समक्ष रखा जाएगा तो स्वाभाविक रूप से उन्हें भी विपरीत परिस्थितियों से संघर्ष करने की प्रेरणा मिलेगी। इसी विचार से इन महान् विभूतियों के जीवन-चरित्र को सरल तथा सुबोध भाषा में लोगों तक पहुँचाने का विचार उत्पन्न हुआ।

इसी परिप्रेक्ष्य में इस वर्ष लोकमाता देवी अहिल्या के जीवन तथा कार्यों को अभिव्यक्त करनेवाली पुस्तक 'लोकमाता अहिल्याबाई' प्रकाशित हो रही है।

पुस्तक के लेखक श्री अरविंद जवलेकर ने सरल भाषा में देवी अहिल्या के जीवन पर विविध पहलुओं को पाठकों के सम्मुख रखने का प्रयास किया है।

यह पुस्तक नई पीढ़ी के पाठकों के लिए उपयोगी तथा प्रेरणादायक सिद्ध होगी, ऐसी अपेक्षा है।

८ मार्च, २००२

(सुमित्रा महाजन)

अनुक्रम

: १ :

मालवा प्रदेश में होलकर राज्य

भारतवर्ष के हृदय मध्य प्रदेश का पश्चिमी क्षेत्र मालवा के नाम से जाना जाता है। राजस्थान, गुजरात तथा महाराष्ट्र की सीमाओं तक फैला तथा नर्मदा, शिप्रा और शिवना जैसी पावन नदियों द्वारा पोषित यह सुजलां-सुफलाम् प्रदेश अपनी समशीतोष्ण जलवायु तथा उर्वर भूमि के कारण धन-धान्य से सदा ही परिपूर्ण तथा संपन्न रहा है। इस भूमि के बारे में कहा जाता है कि मालव भूमि गहन गंभीर, पग-पग रोटी, डग-डग नीर। यहाँ के लोगों की मान्यता है कि यह भूमि प्राकृतिक प्रकोपों से सदा सुरक्षित रही है, क्योंकि यहाँ सम्राट् विक्रमादित्य जैसे न्यायप्रेमी, राजा भोज जैसे कला और संस्कृति के पोषक तथा लोकमाता अहिल्याबाई होलकर जैसे धर्मपरायण और पुण्यश्लोक शासकों ने शासन किया है।

अपनी समृद्धता के कारण मालव प्रदेश आक्रमणकारियों का लक्ष्य भी रहा है। सम्राट् चंद्रगुप्त विक्रमादित्य के काल में शकों और हूणों ने इसपर आक्रमण किए, मगर चंद्रगुप्त विक्रमादित्य की शक्ति के सामने वे टिक नहीं सके। समय के साथ परिस्थितियाँ बदलीं और मालवा मुगल साम्राज्य का हिस्सा बन गया।

सत्रहवीं शताब्दी के अंत में मुगल साम्राज्य के दिन भी पलटे। मुगल साम्राज्य का सूर्य अस्त होने लगा। कमजोर बादशाही के कारण उनके इस क्षेत्र के सूबेदार निरंकुश बनने लगे। उन दिनों मुगल शासन के

द्वारा नियुक्त मालवा का सूबेदार था दयाबहादुर। नाम तो उसका दयाबहादुर था, मगर व्यवहार में वह बहुत ही दुष्ट प्रकृति का था। उसके अत्याचारों से मालवा की प्रजा त्राहि-त्राहि कर रही थी।

मुगलों के द्वारा नर्मदा नदी के उत्तरी क्षेत्र में लगान आदि की वसूली के लिए जिस अधिकारी की नियुक्ति की गई थी उसका नाम था राव नंदलाल। वे बड़े वीर तथा धर्मपरायण व्यक्ति थे। वे अपनी सेना के साथ इंदौर में ही निवास करते थे।

दयाबहादुर द्वारा प्रजाजनों पर किए जानेवाले अत्याचारों से राव नंदलाल बड़े दुःखी थे। उन्होंने दयाबहादुर को समझा-बुझाकर राह पर लाने का प्रयास किया, मगर उन्हें सफलता नहीं मिली। राव नंदलाल ने बादशाह से मिलकर उनको भी दयाबहादुर के अत्याचारों की जानकारी दी तथा उसके विरुद्ध उचित काररवाई का निवेदन किया; मगर बादशाह मुहम्मद शाह में इतनी शक्ति नहीं थी कि वह अपने सूबेदार को राह पर ला पाता। परिणाम यह हुआ कि राव नंदलाल को दिल्ली से खाली हाथ लौटना पड़ा।

राव नंदलाल के इन प्रयासों की जानकारी मिलने पर दयाबहादुर उनसे रुष्ट हो गया; मगर अपने विरुद्ध बादशाह द्वारा कोई काररवाई न किए जाने से उसके हौसले और भी बढ़ गए। दयाबहादुर राव नंदलाल से नाराज तो हुआ, मगर उनकी शक्ति तथा उनके इस क्षेत्र के अन्य छोटे-बड़े सरदारों के साथ मैत्रीपूर्ण संबंधों के कारण उनका कुछ भी बिगाड़ न सका।

राव नंदलाल द्वारा बादशाह को जो कर वसूल करके दिया जाता था, उसे उन्होंने बादशाह को देना बंद कर दिया और उसे लिखकर भेज दिया कि आपके द्वारा अपने सूबेदार दयाबहादुर पर कोई नियंत्रण न रखे जाने से वह बेलगाम होकर आपकी प्रजा पर अत्याचार कर रहा है, इसलिए अब हमारे लिए प्रजा से कर लेकर आपको भेजना संभव नहीं है। राव नंदलाल का विचार था कि ऐसा करने पर बादशाह शायद कुछ करने पर विवेश होगा। मगर उनका यह प्रसास भी चिकने घड़े पर पानी

ही सिद्ध हुआ।

जिन दिनों मालवा में राव नंदलाल यहाँ की प्रजा के हितों के लिए चिंतित थे, उन्हीं दिनों देश में बाजीराव पेशवा हिंदू साम्राज्य के विस्तार के लिए प्रयासरत थे। बादशाह की ओर से निराश होने पर राव नंदलाल के समक्ष बाजीराव पेशवा आशा की किरण के रूप में प्रकट हुए।

राव नंदलाल ने बाजीराव पेशवा को पत्र लिखकर उन्हें मालवा की स्थिति से अवगत कराया तथा क्षेत्र की प्रजा को मुगल राज्य के अत्याचारों से छुटकारा दिलाकर इस प्रदेश को हिंदवी स्वराज्य में सम्मिलित करने का निवेदन किया। राव नंदलाल ने बाजीराव पेशवा को आश्वासन दिया कि यदि मराठा फौज मालवा पर चढ़ाई करेगी तो वे उसे पूरा सहयोग देंगे। बाजीराव पेशवा उचित अवसर की प्रतीक्षा ही कर रहे थे। राव नंदलाल का संदेश मिलते ही उन्होंने मल्हारराव होलकर के नेतृत्व में बारह हजार सैनिकों की फौज को मालवा पर चढ़ाई के लिए भेजा। राव नंदलाल ने भी अपना वादा निभाते हुए मराठा सेना को मालवा में प्रवेश कराने में पूरा सहयोग दिया।

मराठा फौज के मालवा में प्रवेश का समाचार सुनते ही मुगलों के सूबेदार दयाबहादुर के होश उड़ गए। उसका सारा मद चूर-चूर हो गया। वह दौड़कर राव नंदलाल के पास पहुँचा तथा उनसे निवेदन किया कि वे मुगलों के खिलाफ मराठों का साथ न दें। उसने साम-दाम-दंड-भेद—सभी प्रयास किए, मगर वह राव नंदलाल को अपने निश्चय से डिगा नहीं सका। राव नंदलाल ने उसे साफ शब्दों में कह दिया कि अब वे मुगल साम्राज्य का साथ कतई नहीं देंगे।

मुगल सूबेदार दयाबहादुर मुगल फौज के साथ मल्हारराव होलकर का मुकाबला करने के लिए आ खड़ा हुआ। दयाबहादुर ने मांडव घाट पर अपनी सेना की मोर्चाबंदी कर ली। उसके पास पच्चीस हजार मुगल सैनिकों की सेना थी। उसने घाट में जगह-जगह सुरंगें बिछा रखी थीं, जिससे मराठा फौज को भारी क्षति हुई। यह देखकर राव नंदलाल ने मराठा सेना को भैरोघाट के मार्ग से चढ़ाई की सलाह दी। अंत में १२

अक्तूबर, १७३१ को धार के समीप तिरला में मुगल फौज के साथ मराठा सेना का घनघोर युद्ध हुआ, जिसमें मुगल सूबेदार दयाबहादुर मारा गया। उसकी बची-खुची मुगल सेना भाग खड़ी हुई और मल्हारराव होलकर का मालवा प्रदेश पर आधिपत्य हो गया।

बाजीराव पेशवा ने मल्हारराव होलकर को मालवा प्रदेश में सूबेदार नियुक्त किया। मल्हारराव ने राव नंदलाल का समुचित सम्मान करते हुए उन्हें वे समस्त अधिकार पुनः सौंप दिए, जो उन्हें मुगल शासन में प्राप्त थे। मल्हारराव होलकर ने संपूर्ण मालवा प्रदेश पर अपना प्रभुत्व स्थापित किया तथा वहाँ हिंदवी स्वराज्य की स्थापना की। मल्हारराव को बाजीराव पेशवा के साथ निरंतर सैन्य अभियानों में जाना पड़ता था। उन्होंने अपने विश्वासपात्र सेवक गंगाधर यशवंत चंद्रचूड को दीवान नियुक्त कर उन्हें राज्य की प्रशासनिक व्यवस्था की बागडोर सौंप दी तथा स्वयं निश्चिंत होकर मराठा साम्राज्य के विस्तार के लिए बाजीराव पेशवा के साथ सैन्य अभियानों में जुटे रहे।

□

: २ :

महाराष्ट्र की कन्या, मालवा की बहूरानी

अठारहवीं शताब्दी के प्रारंभिक काल की बात है। महाराष्ट्र प्रदेश के औरंगाबाद शहर के समीप बीड़ तहसील के अंतर्गत चौंड़ी नाम का एक छोटा सा गाँव था। इस गाँव के पाटिल थे माणकोजी शिंदे। माणकोजी आर्थिक दृष्टि से बहुत संपन्न तो नहीं थे, मगर सच्चरित्रता, धार्मिकता तथा सुसंस्कृतता रूपी गुणों की अपार दौलत उनके पास थी। माणकोजी की धर्मपत्नी सुशीलाबाई भी उन्हीं की भाँति कुटुंब-वत्सल तथा धर्मपरायण स्त्री थीं।

उन्हीं के सुसंस्कृत परिवार में ३१ मई, १७२५को एक तेजस्वी कन्या ने जन्म लिया, जिसका नाम रखा गया अहिल्या। बचपन से ही अहिल्या की कुशाग्र बुद्धि का परिचय उसके माता-पिता को मिलता रहा, इसीलिए उस काल की परिपाटी को तोड़कर भी माणकोजी ने अहिल्या की शिक्षा-दीक्षा का यथोचित प्रबंध किया।

कर्तृत्ववान् महापुरुषों के जीवन की नींव उनकी बाल्यावस्था में ही रखी जाती है। बाल्यावस्था में मन पर हुए संस्कार ही मनुष्य के जीवन की धरोहर होते हैं। इसलिए अहिल्याबाई के बाल मन पर उनके माता-पिता द्वारा दिए गए संस्कार ही उनके लोकोत्तर जीवन का आधार बने, इसमें कोई संदेह नहीं।

अहिल्याबाई के माता-पिता ने उन्हें न केवल लिखना-पढ़ना

सिखाया, वरन् उस काल की प्रथा के अनुसार पौराणिक कथा-कहानियों के माध्यम से धार्मिक, नैतिक तथा व्यावहारिक ज्ञान भी दिया। बौद्धिक शिक्षा के साथ ही अहिल्याबाई ने शारीरिक तथा सामरिक शिक्षा भी प्राप्त की। घुड़सवारी, धनुर्विद्या तथा तलवारबाजी के गुर भी उन्होंने बचपन में ही सीख लिये थे।

सुयोग्य शिक्षा-दीक्षा से अहिल्याबाई के व्यक्तित्व आत्मविश्वास उत्पन्न हो गया था। ज्ञान तथा आत्मविश्वास का तेज उनके मुखमंडल को सदैव आलोकित किए रहता। केवल आठ वर्ष की आयु में ही उनके व्यक्तित्व की आभा से लोगों की आँखें चुँधियाने लगी थीं।

अहिल्याबाई प्रतिदिन अपनी माता के साथ गाँव के शिव मंदिर में पूजा करने तथा कथा-पुराण सुनने जाया करती थीं। एक दिन प्रातःकाल जब वे हाथ में पूजा का थाल लिये शिव मंदिर में प्रवेश कर रही थीं कि द्वार पर ही उनका सामना दो राजपुरुषों से हुआ। वे राजपुरुष और कोई नहीं वरन् बाजीराव पेशवा तथा उनके सेनानी मल्हारराव होलकर थे। अपने किसी युद्ध अभियान पर जाते समय उनकी सेना का डेरा उन दिनों ग्राम चौंडी के समीप ही लगा हुआ था। प्रातःकाल अपने युद्ध अभियान पर चर्चा करते हुए दोनों सेनानायक शिव मंदिर में दर्शन करने आ पहुँचे थे। शिवजी के दर्शन कर जब वे मंदिर के बाहर निकलने को ही थे कि उनका ध्यान पूजा का थाल हाथ में लिये मंदिर में प्रवेश करती इस कुमारी कन्या की ओर गया। प्रातःकाल के प्रहर में अलौकिक आभामंडलवाली इस साँवली-सलोनी कुमारी कन्या का दर्शन, युद्ध अभियान के अवसर पर उन्हें शुभ शगुन ही प्रतीत हुआ और फिर उस कन्या के तेजस्वी आभामंडल ने तो जैसे उन दोनों को मंत्रमुग्ध ही कर दिया था। उन्होंने अहिल्याबाई से बातचीत कर उसका परिचय प्राप्त किया और उसके व्यक्तित्व से प्रभावित होकर अपने डेरे की ओर चल पड़े।

सूबेदार मल्हारराव की नजरों के सामने से अहिल्याबाई की मूर्ति हटते नहीं हट रही थी। अहिल्या के अलौकिक रूप में उन्हें अपने राज्य का उज्ज्वल भविष्य दिखाई दे रहा था। उनके मन में यह विचार बार-बार आ रहा था कि यदि

यह बालिका उनकी पुत्रवधू बन जाए तो उनकी सारी चिंताएँ मिट सकती हैं।

उनका यह विचार स्वाभाविक था, क्योंकि पिछले कुछ दिनों से यह वीर सेनानी अपने राज्य के भविष्य के लिए निरंतर चिंतित था। मल्हारराव को उनकी पटरानी गौतमबाई से एक पुत्र था। उनका यह इकलौता पुत्र खंडेराव उनके बाद उनके राज्य का स्वाभाविक वारिस था; मगर खंडेराव में राज्यकर्ता के गुणों का नितांत अभाव था। अथक प्रयत्नों के बावजूद न तो वह पढ़ाई-लिखाई में प्रगति कर सका, न ही युद्ध-कौशल सीख सका। जिद्दी और उद्दंड स्वभाव के कारण वह सदैव पिता के लिए चिंता का विषय बना हुआ था। अत: अहिल्याबाई जैसी तेजस्वी बालिका को देखकर उनके मन में यह स्वाभाविक विचार उत्पन्न हुआ कि ऐसी संस्कारित बालिका यदि उनकी पुत्रवधू बन सके तो हो सकता है, उसकी संगति से उनके पुत्र में कुछ परिवर्तन हो जाए तथा राजकाज के लिए आवश्यक गुण भी उसमें आ जाएँ।

इसलिए डेरे पर पहुँचते ही अपने मन का यह विचार उन्होंने बाजीरावजी को बताया तथा उनकी राय माँगी। बाजीरावजी को भी अहिल्याबाई ने प्रभावित किया था, अत: मल्हारराव का विचार उन्हें भी बहुत अच्छा लगा। उन्होंने तुरंत सेवकों को भेजकर अहिल्याबाई के पिता माणकोजी शिंदे को बुलवा लिया। बाजीराव ने माणकोजी को मल्हारराव की इच्छा बताकर उनके पुत्र खंडेराव के लिए अहिल्याबाई का हाथ माँगा। अप्रत्याशित रूप से आए इस प्रस्ताव से माणकोजी अवाक् रह गए। कुछ दिनों से वह अपनी बेटी के लिए सुयोग्य वर की तलाश में तो थे ही, मगर इतने बड़े सूबेदार के पुत्र का रिश्ता उनके जैसे सामान्य व्यक्ति की बेटी के लिए आ सकता है, यह उन्होंने कभी सोचा भी नहीं था। इसलिए अचानक आए इस प्रस्ताव से उनका अवाक् होना स्वाभाविक था। किंचित् विचार कर उन्होंने मल्हारराव से कहा कि 'आप जैसे श्रेष्ठ व्यक्ति द्वारा अपने बेटे के लिए मेरे जैसे सामान्य व्यक्ति की बेटी का रिश्ता माँगा जाना हमारे लिए सौभाग्य की बात है; मगर हम ठहरे सामान्य लोग, हमारी इतनी हैसियत नहीं कि हम आपके स्तर के अनुरूप ठाट-

बाट से अपनी बेटी का विवाह आपके पुत्र के साथ कर सकें।' यह सुनकर मल्हारराव ने कहा कि 'माणकोजी, आप उसकी चिंता न करें। आपकी कन्या इतनी तेजस्वी तथा सद्गुणी है कि उसके सामने धन-दौलत अथवा राजपाट भी कुछ नहीं। आप विवाह के खर्च की तनिक भी चिंता न करें। हमें आपसे किसी भी वस्तु की अपेक्षा नहीं है। हमें तो बस आप अपनी बेटी अहिल्या दे दीजिए। हमें उसमें अपने राज्य का भविष्य दिखाई दे रहा है।' अब माणकोजी के पास कहने को कुछ नहीं रह गया था। उन्होंने यह प्रस्ताव सहर्ष स्वीकार कर लिया।

इस प्रकार सन् १७३३ में मल्हारराव होलकर के पुत्र खंडेराव के साथ अहिल्याबाई का विवाह धूमधाम से संपन्न हुआ। स्वयं बाजीराव पेशवा तथा उनकी धर्मपत्नी इस विवाह में वर-वधू को आशीर्वाद देने के लिए उपस्थित थे। मल्हारराव ऐसी सद्गुणी पुत्रवधू पाकर धन्य हो गए। उन्होंने दो सौ तोले के स्वर्ण आभूषण उसे भेंट किए। इस प्रकार ग्राम चौंडी की यह तेजस्वी कन्या मालवा राज्य के सूबेदार की पुत्रवधू बनकर मालवा में आ गई।

□

: ३ :

पति का वियोग

कोई लड़की जब विवाह के बाद ससुराल में कदम रखती है तो उसके मन में अपने सुनहरे भविष्य के अनेक सपने होते हैं। एक साधारण परिवार में जनमी अहिल्याबाई जब अकल्पित रूप से सूबेदार मल्हारराव होलकर की पुत्रवधू बनकर उनके घर आईं तो स्वाभाविक रूप से उनके मन में भी अपने भावी वैवाहिक जीवन के अनेक सुनहरे सपने रहे होंगे। मगर जब उन्होंने अपने पति खंडेराव को निकट से जाना तो वे बहुत निराश हुईं।

निस्संदेह अहिल्याबाई के पति उनकी अपेक्षा के अनुरूप नहीं थे। खंडेरावजी को न राजकाज में रुचि थी, न ही युद्ध अभियानों में। पढ़ाई-लिखाई अथवा अस्त्र-शस्त्रों से वे दूर भागते थे। खेलकूद और आवारागर्दी ही उनके प्रिय शौक थे। यदि कोई सामान्य स्त्री अहिल्याबाई के स्थान पर होती तो शायद यह परिस्थिति देखकर टूट गई होती। मगर अहिल्याबाई सामान्य स्त्री नहीं थीं। विपरीत परिस्थितियों में भी राह निकालने की अद्‌भुत क्षमता उनमें थी, इसलिए अपनी अपेक्षा-भंग से वह विचलित नहीं हुईं, वरन् कर्तव्यदक्षता से अपने पति में परिवर्तन लाने का निश्चय उन्होंने कर लिया।

अपेक्षा के अनुरूप पति का प्रेम भले ही अहिल्याबाई को न मिला हो, मगर सास गौतमाबाई तथा ससुर मल्हारराव का पितृवत् स्नेह उन्हें

भरपूर मिला। अहिल्याबाई भी सास-ससुर को माता-पिता की भाँति समझती थीं तथा उनकी खूब सेवा करतीं। वे प्रात:काल भोर के पूर्व ही उठ जातीं और स्नान-ध्यान, पूजा-पाठ से निवृत्त होकर दिन भर अपने गृहकार्यों तथा सास-ससुर की सेवा में व्यस्त रहतीं। रात्रि में सोने के पूर्व वे पति को पौराणिक बोध कथाएँ सुनाकर संस्कारित करने का प्रयास करती थीं।

मनुष्य को संस्कारित करने में बचपन में माता-पिता की जो भूमिका होती है, कमोबेश युवावस्था में वही भूमिका पत्नी की भी होती है। यदि पत्नी सुयोग्य है तो बिगड़ैल पति को भी संस्कारित कर उचित राह दिखा सकती है। इसके विपरीत, यदि पत्नी मूर्ख है तो वह अपना तथा अपने परिवार का जीवन दु:खमय बना लेती है।

अहिल्याबाई एक सुयोग्य पत्नी थीं। उनमें ज्ञान, विनम्रता तथा सेवाभाव तो था ही, उनके हृदय में असीम प्रेम, करुणा तथा त्याग की भावना भी थी। अपने व्यवहार द्वारा दूसरों को संस्कारित करने का अद्‌भुत कौशल उनमें था। यही कारण है कि उनकी सोहबत से खंडेराव के व्यवहार में परिवर्तन आने लगा। अब वे माता-पिता की आज्ञा मानने लगे तथा राजकाज में रुचि भी लेने लगे। खंडेराव में आए इस परिवर्तन से उनके पिता मल्हारराव बहुत प्रसन्न हुए। उनके मन में अहिल्याबाई की इज्जत और भी बढ़ गई।

अहिल्याबाई ने अपने पति का दिल जीतने में कोई कसर नहीं छोड़ी। वे निष्ठापूर्वक उनकी सेवा करतीं और उन्हें प्रसन्न रखने का प्रयास करतीं। यही कारण था कि थोड़े समय में ही वे उनमें परिवर्तन लाने में सफल हो सकीं। जैसे-जैसे खंडेराव की राजकाज में रुचि बढ़ने लगी, अहिल्याबाई ने उन्हें युद्ध-कौशल की महत्ता बताकर युद्धकला सीखने को भी प्रेरित किया। खंडेराव अब पिता के साथ रणक्षेत्र में भी जाने लगे। धीरे-धीरे वे युद्धकला में भी निपुण हो गए।

इस प्रकार धीरे-धीरे विपरीत परिस्थितियों को मात कर अहिल्याबाई अपने वैवाहिक जीवन को सफलतापूर्वक सौख्य के मार्ग पर ले आईं।

कुछ समय के बाद सन् १७४५ में देपालपुर नामक स्थान पर उन्होंने एक पुत्र को जन्म दिया। सारे राज्य में प्रसन्नता की लहर दौड़ गई। पुत्र का नामकरण किया गया मालेराव। तीन वर्ष के पश्चात् सन् १७४८ में अहिल्याबाई ने एक कन्या मुक्ताबाई को जन्म दिया। राज्य में पुनः उल्लास छा गया।

अहिल्याबाई के सुखी वैवाहिक जीवन के सुनहरे दिनों की अभी तो शुरुआत ही हुई थी। कड़े परिश्रम से अपने बिगड़े पति को उन्होंने सन्मार्ग पर लाया था। उनके बच्चे भी अभी छोटे ही थे। मगर क्रूर नियति से उनका यह थोड़ा सा सुख भी देखा नहीं गया। उनके वैवाहिक जीवन के शिखर पर सौख्य की सुनहरी किरण अभी प्रकट ही हुई थी कि अकस्मात् दुर्भाग्य की काली घटाएँ घुमड़ आईं।

मल्हारराव को अब अपने पुत्र के युद्ध-कौशल पर विश्वास होने लगा था। उसे और शिक्षा देने के उद्देश्य से वे अब उसे अपने साथ युद्ध अभियानों पर ले जाने लगे थे। सन् १७५४ में जब मल्हारराव रघुनाथराव पेशवा के साथ चौथ वसूल करने के लिए राजपूताना गए तो उनके साथ खंडेराव भी थे। राजपूताने के अधिकांश राज्यों में चौथ वसूल हो गया, मगर भरतपुर के राजा सूरजमल जाट ने चौथ चुकाने से साफ इनकार कर दिया। जब सामोपचार से मामला नहीं सुलझा तो पेशवा को युद्ध की घोषणा करनी पड़ी। मराठा सेना ने भरतपुर राज्य में डिग के समीप कुंभेर के किले पर चढ़ाई कर दी। भरतपुर के जाट भी मुकाबले के लिए मैदान में उतर पड़े। मराठों और जाटों में घमासान युद्ध छिड़ गया। २४ मार्च, १७५४ को खंडेराव घोड़े पर सवार होकर अपनी सेना को वीरतापूर्वक शत्रु से लोहा लेने का आह्वान कर रहे थे कि अचानक दुश्मन की फौज से छूटी बंदूक की एक गोली सनसनाती हुई उनके सीने में आ लगी और खंडेराव वीरगति को प्राप्त हो गए। उस समय मल्हारराव भी किले के दूसरी ओर युद्ध का संचालन कर रहे थे। उन्हें तत्काल खंडेराव की वीरगति का समाचार दिया गया। अपने इकलौते पुत्र के देहांत का समाचार सुनकर मल्हारराव शोक से व्याकुल हो गए।

उनकी आँखों से अश्रुधारा फूट पड़ी। मराठों के सेनानायक मालवा के सूबेदार मल्हारराव होलकर बच्चों की भाँति फूट-फूटकर रो पड़े। युद्ध रुक गया।

खंडेराव के शव को डेरे पर ले जाया गया। वहाँ अहिल्याबाई भी मौजूद थीं। पति का शव देखकर उनके शोक की सीमा नहीं रही। पानी के बाहर निकाली गई मछली की भाँति तड़पती हुई वह पति के शव पर विलाप करने लगीं। अहिल्याबाई की यह अवस्था देखकर मल्हारराव अपना शोक भूल गए तथा उन्हें ढाढ़स बँधाने लगे।

खंडेराव की अंत्येष्टि की तैयारियाँ की गईं। उस समय की प्रथा के अनुसार अहिल्याबाई तथा खंडेराव की अन्य पत्नियाँ पति के साथ सती के रूप में सह-गमन की तैयारियाँ करने लगीं।

मल्हारराव तथा खंडेराव के अकसर युद्ध अभियानों पर रहने के कारण राजकाज का अधिकतर कार्य अहिल्याबाई द्वारा ही किया जाता था। उनकी कार्य-कुशलता और योग्यता के लोग कायल थे। वे नहीं चाहते थे कि ऐसी लोकोत्तर स्त्री पति के साथ सह-गमन कर अपना जीवन समाप्त करे। इसलिए उन्होंने अहिल्याबाई से प्रार्थना की कि वे सती न हों। मगर अहिल्याबाई ने कहा कि ''पति-वियोग का असह्य दु:ख मुझसे सहा नहीं जाता। जिस पति ने मुझे जीवन भर साथ देने का वचन दिया था, वे ही मुझे छोड़कर चले गए। अब मेरा जीवन किस काम का? इसलिए मेरा उनके साथ सह-गमन ही उचित है।''

लोगों के आग्रह का जब अहिल्याबाई पर प्रभाव नहीं हुआ तब मल्हारराव ने आगे बढ़कर कहा, ''बेटी, जिस पुत्र को मैंने इस आशा के साथ पाल-पोसकर बड़ा किया था कि वह बुढ़ापे में मेरा सहारा बनेगा, वही मुझे छोड़कर चला गया है। अब क्या तुम भी मुझ बूढ़े को अथाह समुद्र में डूबने के लिए अकेला छोड़कर चली जाओगी? खंडू तो मुझे धोखा दे ही गया है, क्या तुम भी मुझे निराधार छोड़ दोगी? तुम्हें देखकर मैं अपना दु:ख भुलाना चाहता था; मगर यदि फिर भी तुम नहीं मानना चाहतीं तो पहले मुझे मर जाने दो।

"बेटी! मैंने तुझे अपनी बहू नहीं, बेटी समझा है। तू अब मेरे लिए मेरा खंडू ही है। यह राजपाट, दौलत अब तुम्हें ही सँभालनी है। खंडेराव के जाने से मेरी अवस्था जड़ से उखड़े वृक्ष की भाँति हो गई है। अब मेरे जीवन के कुछ ही दिन शेष रहे हैं। अब मुझे केवल तू ही सहारा दे सकती है।

"सती होने का कठोर संकल्प कर तुम मुझपर और वज्राघात क्यों कर रही हो? एक तू ही तो है जो मेरे पुत्र-वियोग के दुःख को भुला सकती है। जरा सोच, मेरे बुढ़ापे का खयाल कर। तेरे बिना मैं कैसे धैर्य धारण कर सकूँगा। तेरे सती हो जाने की कल्पना मात्र से मेरी आँखों के समक्ष अँधेरा छा जाता है। इसलिए बेटी, सती हो जाने की बात अब मुँह से मत निकाल। मैं तेरे पैर पड़ता हूँ।" यह कहकर मल्हारराव बिलख-बिलखकर रो पड़े। उन्होंने सती हो जाने को निकली अहिल्याबाई के पैर पकड़ लिये।

मल्हारराव की दीन अवस्था को देखकर पत्थर भी पिघल जाते, फिर अहिल्याबाई का कोमल मातृ-हृदय भला कैसे न पिघलता! आखिर उन्हें सती हो जाने का अपना कठोर निश्चय छोड़ने को बाध्य होना ही पड़ा।

□

: ४ :

उत्तरदायित्व का निर्वाह

पति के देहांत के बाद प्रचलित लोक-प्रथा का पालन करते हुए पति के साथ सह-गमन कर सती होने का निश्चय अहिल्याबाई ने किया था; मगर अपने श्वसुर के मार्मिक अनुनय के कारण वे ऐसा नहीं कर सकी थीं। ससुर की वृद्धावस्था तथा निरंतर युद्ध अभियानों में लगे रहना और पुत्र की बाल्यावस्था के कारण राजकाज का दायित्व अहिल्याबाई के ऊपर ही था। पूर्व में खंडेराव के रहते भी अधिकतर यह दायित्व अहिल्याबाई ही वहन कर रही थीं। पति-निधन के बाद तो पूर्णतया यह दायित्व उन्हीं के सिर पर आ गया था।

मल्हारराव अहिल्याबाई की प्रशासनिक एवं राजनीतिक योग्यता से परिचित थे तथा उनपर उन्हें पूर्ण विश्वास भी था, इसलिए संकट के समय वे अहिल्याबाई से सलाह-मशविरा भी किया करते थे।

मल्हाररावजी के युद्ध अभियान लगातार जारी थे। मगर युद्धभूमि से वे निरंतर अहिल्याबाई से पत्रों द्वारा संपर्क बनाए रखते थे। इन पत्रों के द्वारा वे राजकाज के मामलों में अहिल्याबाई को सलाह भी दिया करते थे। उनके द्वारा अहिल्याबाई को भेजे जानेवाले पत्रों में राजनीति, युद्धनीति, कूटनीति आदि की भी चर्चा होती थी।

मल्हारराव द्वारा अहिल्याबाई को लिखे गए एक पत्र में वे कहते हैं, 'तुमने लिखा है, ग्वालियर में तोपखाना रखने से चारे-पानी की

अव्यवस्था होगी, इसलिए उसे सिरोंज ले जाती हूँ। यह ठीक है तो तोपखाने को सिरोंज में ही रखकर बैलों के चारे-पानी की व्यवस्था करवाकर तुम इंदौर चली जाना तथा वहाँ जाकर सेंधवा परगने की वसूली और ताजपुर के बंदोबस्त की व्यवस्था कर देना। मैं अभी दिल्ली जा रहा हूँ, वहाँ से अंतरवेद के मार्ग से बुंदेलखंड पहुँचूँगा। बाद में जो तय होगा, सूचित करूँगा।'

अहिल्याबाई को लिखे एक अन्य पत्र में मल्हारराव उसे सलाह देते हैं, 'गोहदकर की तरफ गढ़ी के जमाव को ध्यान में रखकर ही अपने तोपखाने को भेजना। एकदम साहस मत करना। अपने प्रभाव से जितना संभव है, काम निकलवाना। दूसरों के भरोसे पर तोपखाना बहुत दूर मत भेजना। तोपखाने की इज्जत भी बनी रहे तथा अपना काम भी हो जाए, ऐसी युक्ति सोचना।'

इन पत्रों से स्पष्ट पता चलता है कि अहिल्याबाई मल्हारराव के समय से ही राजकाज तथा युद्धनीति में निपुण हो गई थीं। जहाँ एक ओर वे उनकी अनुपेस्थिति में राज्य की प्रबंध-व्यवस्था भलीभाँति देखती थीं, वहीं युद्ध-मैदान पर गए हुए मल्हारराव के लिए ताजा कुमुक और रसद आदि का भी प्रबंध करती थीं। वे स्वयं भी छोटे-मोटे युद्ध अभियानों का संचालन कर लेती थीं।

अपने एक पत्र में मल्हारराव अहिल्याबाई को लिखते हैं, 'मैंने यहाँ के जो समाचार तुम्हें भेजे हैं, उससे यहाँ की परिस्थिति तुम समझ ही चुकी होगी। अब हम दिल्ली से निकलकर अनूपशहर के पास कर्णवास नामक गाँव में आ गए हैं। यहाँ होली होगी। गिल्चियाँ के झगड़े में नजीब भी शामिल है। ऐसी अफवाह है कि अब्दाली सरहिंद की तरफ आया है। उसकी ओर नजीब खाँ को भेजा है। वहाँ से पूरी खबर आने पर आगे का विचार करेंगे। तब तक गंगा किनारे ही मुकाम रहेगा। गिल्ची की पक्की बात जानने पर लकुराबाद की तरफ से आना होगा। देवा नामक दूत के हाथ भेजा पत्र तुम्हें मिल चुका होगा। उसके अनुसार रवानगी का प्रबंध करना। साथ में भरोसे का आदमी न मिलने से यदि

अभी तक रवानगी न की हो तो अभी किसी को इधर मत भेजना। तुम अभी ग्वालियर में ही रहना। हम भी यथाशीघ्र उसी प्रांत में आएँगे। वहाँ आने पर यदि आवश्यक हुआ तो तुम्हें भी बुलवा लेंगे। हमें दूत ने खबर दी है कि तुमने गोहदवालों का एक किला तोप लगाकर खाली करवा लिया है। इसलिए तुम अभी ग्वालियर में ही रहना तथा तोपों और जंबुरी के गोलों का कारखाना खोलकर लड़ाई का पूरा सामान एकत्रित कर लेना। क्योंकि हमें गोहदवालों को हराना जरूरी है। तुम्हारी पसंद का उत्तम सामान हो तो किसी विश्वासपात्र आदमी के साथ रसद भिजवाना, नहीं तो वहीं रहने देना।'

एक और पत्र में मल्हारराव अहिल्याबाई को लिखते हैं, 'तुम अपने हालचाल लिखती रहना। रसद भेजने के लिए हमने तुम्हें लिखा था। तुम सब लोग यहाँ आने का विचार कर रहे हो, ऐसा सुना है। हमारी इच्छा तुम्हें मालूम है। ऐसी स्थिति में बगैर हमारी आज्ञा के यहाँ आना कहाँ तक ठीक होगा। यदि हमारी आज्ञा की आवश्यकता हो तो हमारे निर्देशानुसार राजेश्री बहेरो आनंद या राजेश्री गोविंद शामराव के साथ रसद रवाना करके तुम सिरोंज चली जाना। चि. मालेराव अथवा दूसरा कोई यहाँ आएगा तो उसका कोई उपयोग नहीं होगा। यह बात ध्यान में रखकर जैसा लिखा है वैसा ही करना। अब्दाली सरहिंद की तरफ आ गया है। शुजाउद्दौला और सारे रोहिले एक हो गए हैं। गिल्ची दिल्ली आने वाला है। आगे जैसा अवसर होगा वैसा किया जाएगा। तुम एक घड़ी का भी विलंब किए बगैर तोपखाना लेकर सिरोंज पहुँचना। रास्ते में कहीं भी मत ठहरना। लिखे अनुसार बटेश्वर के रास्ते से रसद रवाना कर देना।'

इस पत्र में मोर्चे पर विपरीत परिस्थिति से चिंतित मल्हारराव अहिल्याबाई को मोर्चे पर आने से मना करते हुए उन्हें वहीं रहकर रसद तथा युद्ध सामग्री की व्यवस्था का निर्देश देते हैं। एक अन्य पत्र में मल्हारराव अपनी पुत्रवधू अहिल्याबाई को लिखते हैं, 'यहाँ कुशल है। तुम अपना हाल लिखना। तानु तुम्हारे पास तोपखाना लेकर आया है।

तुम तोपखाने को सिरोंज में रखकर बैलों के लिए चंदीचारे का समुचित प्रबंध कर फिर आगे बढ़ना। रा. चिमणाजी गोविंद मामलेदार को बैलों के चारे तथा तोपों की मरम्मत के लिए आवश्यक निर्देश देकर तोपें तैयार करवाकर रखना। इसमें असावधानी मत होने देना। हम शीघ्र ही उस प्रदेश में आ रहे हैं। वहाँ आने पर हमें उन तोपों की जरूरत होगी। पत्र लिखते ही तोपें तैयार मिलनी चाहिए। इसलिए कल ही रस्सी वगैरह सब सामान सँभालकर तैयार रखवाना। बैलों को तराटकर तैयार रखना। तोपों की तैयारी हेतु तानु ने भी लिख दिया है। तुम भी ताकीद करके बैल आदि की अच्छी व्यवस्था करवा लेना।'

ये सारे पत्र एक ही वर्ष में लिखे गए हैं तथा इसमें उस समय की स्थिति का पता चलता है। दिल्ली के समीप युद्ध-मोर्चे पर व्यस्त रहते हुए भी मालवा में अहिल्याबाई से निरंतर संपर्क बनाए रखते हुए मल्हारराव उन्हें राजनीतिक मार्गदर्शन देते हुए और युद्ध सामग्री के निर्माण के निर्देश देते हैं। अहिल्याबाई भी मालवा में रहकर न केवल यहाँ के राज्य प्रबंध की उचित देखभाल के अपने उत्तरदायित्व को कुशलता से पूर्ण करती दिखाई देती हैं, वहीं मोर्चे पर लड़ रहे अपने श्वसुर की मदद के लिए युद्ध सामग्री तथा रसद तैयार करवाकर तत्परता से उसे मोर्चे पर भेजने की व्यवस्था भी करती हैं। इतना ही नहीं, छोटे-मोटे युद्ध मोर्चों को स्वयं की शक्ति से जीत भी लेती हैं।

इन पत्रों से यह भी स्पष्ट होता है कि अहिल्याबाई राजनीतिक उत्तरदायित्वों का निर्वहण करने में अपने प्रारंभिक वर्षों में ही कितनी निपुण हो गई थीं और युद्ध के मोर्चे पर सतत लड़ते अपने श्वसुर को कितनी मदद करती थीं।

□

: ५ :

श्वसुर का निधन

अपने पुत्र खंडेराव के असामयिक देहावसान के कारण मल्हारराव बहुत दुःखी थे। वृद्धावस्था में हुए नियति के इस निर्दय प्रहार ने उन्हें बुरी तरह झकझोर डाला था। उनका मन जीवन के अंतिम पड़ाव में अब शांति और विश्राम की आकांक्षा कर रहा था; मगर राजनीतिक परिस्थितियाँ उन्हें विश्राम कहाँ करने दे रही थीं। देश में चारों ओर अशांति और अनिश्चय का वातावरण था। ऐसी स्थिति में लाख चाहते पर भी विश्राम उनके लिए संभव ही नहीं था। फिर पुत्र की मौत का प्रतिशोध लेने की भी उनके मन में तीव्र आकांक्षा थी। इसलिए दुःखों का बोझ मन पर रखकर मल्हारराव निरंतर युद्ध अभियानों में जुटे हुए थे।

सन् १७६१ में पानीपत के युद्ध में अहमदशाह अब्दाली के हाथों पराजित होने से देश में मराठों की साख को बहुत बड़ा धक्का लगा था। इस अवसर का लाभ उठाकर जगह-जगह उनके विरुद्ध विद्रोह के झंडे उठने लगे थे। मालवा के अनेक जमींदार भी, जिनके हित मराठा साम्राज्य की स्थापना से प्रभावित हुए थे, मौके का लाभ उठाकर सिर उठाने लगे थे। ऐसी अवस्था में मल्हारराव एक क्षण भी विश्राम करने की स्थिति में नहीं थे। उन्होंने अपने अविश्रांत श्रम तथा राजनीतिक सूझ-बूझ का परिचय देते हुए थोड़े ही समय में सारी विपरीत परिस्थितियों पर नियंत्रण कर लिया। मालवा में उनकी सत्ता पुनः मजबूत हो गई। यह कार्य मल्हारराव के

अतिरिक्त किसी अन्य के लिए संभव नहीं था। पेशवा ने इस सफलता के लिए मल्हारराव की भूरि-भूरि प्रशंसा की तथा उन्हें मालवा के साथ-साथ संपूर्ण उत्तर भारत के अधिकार सौंपकर सम्मानित किया।

कुछ समय के उपरांत पानीपत की पराजय के कारण हुई हानि की भरपाई के उद्देश्य से मराठों ने पुनः उत्तर भारत पर धावा बोला। मराठा सेनाओं का नेतृत्व राघोबा पेशवा कर रहे थे। उनके साथ महादजी सिंधिया, मल्हारराव होलकर, तुकोजीराव तथा मालेराव भी थे। गोहद के राजा को पराजित करने में उन्हें भारी मशक्कत करनी पड़ी। गोहद नरेश तो पराजित हो गया, मगर भारी परिश्रम ने बूढ़े मल्हारराव को थका दिया। वे बीमार पड़ गए। मांगरोल के युद्ध में लगा घाव उनके लिए नासूर बन गया था। विश्राम के लिए उनकी सेना ने आलमपुर में डेरा डाला। मल्हारराव के कान में असह्य पीड़ा हो रही थी। बहुत इलाज किया, मगर कोई लाभ नहीं हुआ। पीड़ा निरंतर बढ़ती ही जा रही थी। उनका अंतिम समय पास आ गया था। पुत्र की मौत का बदला लेने की सुप्त आशा मन में ही रह गई थी, इसका उन्हें विशेष दुःख था। महादजी सिंधिया, तुकोजीराव तथा मालेराव उनके समीप ही थे। मालेराव को अपने समीप बुलाकर उन्होंने कहा कि मेरे पश्चात् मेरी जगह तुम श्रीमंत पेशवा की सेवा करना। उन्होंने तुकोजीराव के हाथ में मालेराव का हाथ देकर उसे मालेराव के संरक्षण की जिम्मेदारी सौंपी। ३० मई, १७६६ को आलमपुर में तिहत्तर वर्ष की आयु में मल्हारराव ने अपनी अंतिम साँस ली।

अपने श्वसुर मल्हारराव की मृत्यु से अहिल्याबाई को बड़ा आघात पहुँचा। पति के देहावसान के पश्चात् वृद्ध श्वसुर की सेवा की खातिर ही वह सती नहीं हुई थीं। अहिल्याबाई के लिए मल्हारराव मात्र श्वसुर ही नहीं थे। उनके लिए वे स्नेह देनेवाले पिता, शिक्षा देनेवाले गुरु तथा राजनीतिक मार्गदर्शक भी थे। उनके निधन से अहिल्याबाई के सिर से संरक्षक-छत्र चला गया था।

दुःखी मन से अहिल्याबाई ने उनका अंतिम संस्कार करवाया तथा उनकी स्मृति में आलमपुर में एक छतरी बनवाई। इतना ही नहीं, वहीं

उस छतरी के रख-रखाव के लिए उन्होंने स्थायी व्यवस्था भी कर दी।

मल्हारराव अपने समय के बड़े और वीर सेनापति थे। सन् १६९३ में एक साधारण चरवाहा परिवार में जन्म लेकर भी अपने कर्तव्य और योग्यता के बल पर वे मालवा प्रदेश के सूबेदार के पद तक पहुँचे। समूचे उत्तर भारत में उनकी ताकत का लोहा माना जाता था। श्रीमंत पेशवा से लेकर दिल्ली के बादशाह तक सभी उन्हें प्रसन्न रखने का प्रयास करते रहते थे। उत्तर भारत में मराठा साम्राज्य के विस्तार में उनकी महत्त्वपूर्ण भूमिका थी। पेशवा के लिए वे अनन्य सहयोगी थे। मराठा साम्राज्य के लिए वे आधार-स्तंभ थे।

मल्हारराव श्रेष्ठ योद्धा और घुड़सवार थे। उनका संपूर्ण जीवन घोड़े पर सवार होकर युद्ध करते हुए ही बीत गया। तीरंदाजी तथा तलवारबाजी में तो वे निपुण थे ही, मगर उनका प्रिय शस्त्र भाला था। वे वीरता की बहुत कद्र करते थे तथा अपने सैनिकों की वीरता पर उनकी ढाल रुपयों से भर देते थे। उनकी वीरता के गीत उनके शत्रु राज्यों के कवियों ने भी गाए हैं।

सूरजमल जाट के दरबारी महाकवि सूदन ने 'सुजनचरित' नामक अपने ग्रंथ में उनकी प्रशंसा करते हुए लिखा है—

हारे देखि हाडा मनमारे कमधुज बंस
कूरम पसोर पायँ सुनत नगारे के।
केते पुर जारे केते नृपति संहारे तेई
जोरि दल भारे ब्रजभूमि पे हँकारे के॥

इन पंक्तियों में कवि कहता है—'बड़े-बड़े राजपूत राजा जिनके भय से थर-थर काँपते थे, ऐसे प्रतापी मल्हारराव अनेक नगरों को जलाते और कई राजाओं को मारते हुए जब बड़े भारी दल को लेकर ब्रजभूमि पर चढ़ आए…।'

जिन दिनों मल्हारराव ने भरतपुर के राजा सूरजमल जाट पर चढ़ाई की थी, यह उन्हीं दिनों का वर्णन है। सूरजमल के दरबारी कवि द्वारा

किया गया यह वर्णन बताता है कि उन दिनों सारे उत्तर भारत में मल्हारराव की कैसी धाक थी।

कवि खुशालीराम ने लिखा है—

वीरो महान योध गणेषु मुख्यो
बलाधिपाः शस्त्रविधान सुज्ञाः।
सदा यशस्वी सततं समर्थो
मल्हारिरावो वदिताःपृथिव्याम्॥

अर्थात् जिसे पृथ्वी पर मल्हारराव के नाम से जाना जाता है, वे बड़े वीर, योद्धाओं में श्रेष्ठ, बलवानों के सरदार, युद्धविद्या में प्रवीण, समर्थ, सदा प्रयत्नशील और बड़े यशस्वी थे।

मल्हारराव को आधुनिक इंदौर शहर का संस्थापक भी कहा जाता है। उनके पूर्व इंदौर बहुत छोटा गाँव था। मल्हारराव ने उसे अपनी राजधानी बनाया। उन्होंने कान्ह नदी के किनारे विशाल रजवाड़े का निर्माण किया तथा इंदौर की व्यवस्थित बसाहट करवाई। इसके लिए उन्होंने आस-पास के स्थानों से व्यापारियों, साहूकारों तथा कारीगरों को इंदौर में सुविधाएँ देकर बसाया। इंदौर तथा मालवा के इतिहास में मल्हारराव का नाम बहुत महत्त्वपूर्ण है।

□

: ६ :

पुत्र का विछोह

एक साधारण परिवार में जनमी अहिल्याबाई भाग्य से होलकर राजघराने की बहू तो बन गईं, मगर राजसी सुखों का उपभोग उनके भाग्य में नहीं लिखा था। राजसी सुख तो दूर, चिंतारहित मन-शांति भी उनके भाग्य में नहीं थी। अपने वैवाहिक जीवन के प्रारंभ में उनके पति खंडेराव का दुराचरण उनकी चिंता का कारण था। जैसे-तैसे उन्हें संस्कारित कर मार्ग पर लाने में वे सफल हुई ही थीं कि कुंभेर के युद्ध में वे वीरगति को प्राप्त हो गए। बूढ़े श्वसुर की सेवा तथा राज्य की देखभाल के गुरुतर दायित्व का निर्वाह करने के उद्‌देश्य से श्वसुर के निवेदन पर उन्होंने पति के साथ सह-गमन कर सती होने के अपने निश्चय को भी त्यागा, मगर कुछ ही वर्षों में बूढ़े श्वसुर मल्हारराव का साया भी उनके सिर से उठ गया। अब उनकी आशा का केंद्रबिंदु उनका इकलौता पुत्र मालेराव रह गया था; मगर उसकी ओर से भी कोई सुख उनके भाग्य में नहीं था।

मालेराव में वे सारे दुर्गुण मौजूद थे जो संपन्न परिवार में जनमे संस्कारहीन बच्चों में होते हैं। अपनी राजनीतिक व्यस्तताओं के बावजूद उसपर अच्छे संस्कार करने का अहिल्याबाई ने जी-तोड़ प्रयास किया; मगर उन्हें उसमें परिवर्तन लाने में किंचित् भी सफलता नहीं मिल पाई। चंचल, उद्‌दंड तथा उग्र स्वभाववाले मालेराव की पढ़ाई-लिखाई में

कोई रुचि नहीं थी। आवारा लड़कों की टोली के साथ दिन भर मटरगश्ती करना उसके नित्यकर्म में शामिल था। नदी पर जाकर नहाना तथा नदी में हाथियों की जल-क्रीड़ा देखना उसके शौक थे। उसे पढ़ानेवाले शिक्षकों तथा पूजा-पाठ करानेवाले पंडितों के जूतों में बिच्छू रखना और जब वे बिच्छू के काटने से तड़पते तो उसका मजा लेना आदि, और उसके आसुरी शौक थे। अहिल्याबाई ने उसे समझाकर तथा दंड देकर भी सुधारने का भरपूर प्रयास किया; मगर उन्हें उसे सुधारने में तनिक भी सफलता नहीं मिली।

मल्हारराव के देहांत के पश्चात् २३ अगस्त, १७६६ को मालेराव का राजतिलक संपन्न हुआ। पेशवा द्वारा मालवा के सूबेदार के रूप में मालेराव की औपचारिक नियुक्ति की गई; मगर राज्य के वास्तविक अधिकार अहिल्याबाई को ही सौंपे गए, क्योंकि पेशवा मालेराव की योग्यता से भलीभाँति परिचित थे। अहिल्याबाई का विचार था कि जिम्मेदारी का बोझ सिर पर आने से मालेराव में गंभीरता उत्पन्न होगी, मगर ऐसा नहीं हुआ। पहले से ही मगरूर मालेराव अब सत्ता के मद में मदहोश भी हो गया। उसकी इस अवस्था ने अहिल्याबाई को चिंता में डाल दिया। वह अपनी प्रजा को बहुत प्यार करती थीं तथा उसके हित के लिए सदा प्रयत्नशील रहती थीं। उनका मानना था कि प्रजा का हित ही राजा का हित है। प्रजा सुखी रहे, इसी में राजा का कल्याण है, इसलिए वह प्रजा के लिए हितकारी कार्य किया करती थीं तथा उनकी अपेक्षा थी कि उनका पुत्र मालेराव भी उन्हीं के मार्ग पर चले; मगर उनकी यह अपेक्षा पूर्ण नहीं हुई। मालेराव में अपेक्षित सुधार नहीं हो सका।

अहिल्याबाई मालेराव को लगातार समझाती रहती थी कि तुम्हारे पितामह द्वारा जिस प्रकार कीर्ति संपादित की गई है, वैसी ही तुम्हें भी करनी चाहिए। इसी में तुम्हारे जीवन की सार्थकता सिद्ध होगी।

मालेराव को चरोली से एक पत्र में अहिल्याबाई लिखती हैं, 'तुम्हारे पत्र के न आने से चित्त उद्विग्न रहता है। ऐसा मत करो, सदैव पत्र

लिखकर अपने समाचार लिखते रहा करो। मैंने तुम्हें दो-तीन पत्र लिखे हैं। अब अपने चित्त को शांत करो तथा शोक करना छोड़ दो। सरदारी का विचार करके राज्य चलाना चाहिए। बुद्धिमानी तथा विवेकपूर्वक कामकाज में मन लगाकर तीर्थरूप कैलाशवासी सूबेदारजी की भाँति तुम्हें भी राजकाज करना चाहिए तथा ऐसा कार्य करना चाहिए जिससे उनकी भाँति तुम्हें भी कीर्ति प्राप्त हो। अब शोक दूर करके दूरदर्शितापूर्वक राजकाज चलाते हुए पितामह से भी अधिक यश प्राप्त करो। इसी में तुम्हारा गौरव है। राजेश्री गंगाधर पंत तात्या की इच्छानुसार बरताव करना…'

इस पत्र से स्पष्ट है कि अहिल्याबाई को अपने वंश की कीर्ति, कर्तव्य की तथा राज्य के हितों की सदैव चिंता लगी रहती थी। इसलिए अपने पत्रों में वह बार-बार अपने पुत्र को उसके कर्तव्य के प्रति सचेत करती रहती थीं, इसलिए इस पत्र के अंत में उन्होंने मालेराव को अपने दीवान गंगाधर पंत की इच्छानुसार कार्य करने की सलाह दी है।

अहिल्याबाई के अनेक प्रयत्नों के बाद भी मालेराव की आदतों में सुधार नहीं आया। उसका अविवेकी बरताव निरंतर बढ़ता जा रहा था। प्रजा को वह अधिकाधिक दुःखी बना रहा था। उसके कार्यों की शिकायत माता के कानों में आती रहती थी, और उन्हें रोज ही खून के घूँट पीने पड़ते। बेटे के व्यवहार में सुधार के लिए वे ईश्वर से प्रार्थना करतीं, मन्नत माँगतीं और व्रत वैकल्य भी करतीं; मगर सबकुछ व्यर्थ जा रहा था। मालेराव के स्वभाव में तनिक भी परिवर्तन नहीं हो रहा था। दुःखी जनों की आहें तथा शाप उसे लग रहे थे।

किसी के बहकावे में आकर एक निरपराध की उसने हत्या कर दी। बाद में हकीकत मालूम होने पर अपराध-बोध से वह बीमार पड़ गया। इलाज के बहुत प्रयास किए गए, मगर वह ठीक नहीं हो सका। पूजा-पाठ, जंतर-मंतर, जादू-टोना, दवा-दारू सब किया गया; मगर उसकी बीमारी बढ़ती गई। अहिल्याबाई ने रात-दिन एक कर पुत्र का जीवन बचाने के प्रयास किए; मगर सारे प्रयत्न व्यर्थ सिद्ध हुए। केवल नौ माह शासन कर मालेराव भी बाईस वर्ष की अल्पायु में इहलोक

छोड़कर चला गया। उसके साथ उसकी दो पत्नियाँ भी सती हो गईं।

अपने इकलौते पुत्र के बिछोह से अहिल्याबाई के दुःख की सीमा नहीं रही। कैसा भी क्यों न रहा हो, आखिर वह उनका बेटा था, और कौन माता अपने इकलौते पुत्र के निधन से विचलित नहीं होगी। एक क्षण के लिए इस दुःखमय जीवन से उन्हें विरक्ति हो गई। अपना सबकुछ त्यागकर, तीर्थक्षेत्र में जाकर भगवत् भजन करने का निश्चय उन्होंने कर लिया। मगर दूसरे ही क्षण विवेक ने उनके मन पर पुनः नियंत्रण किया। जिस प्रजा के लिए पति के निधन के बाद अपना सती हो जाना उन्होंने रद्द कर दिया था। उसी प्रजा की चिंता ने उन्हें एक बार फिर अपने दुःख पर काबू पाने को विवश कर दिया। पुत्र के निधन से दुःखी राजमाता ने प्रजा के प्रति अपने कर्तव्य की खातिर अपने सीने पर पत्थर रखकर स्वयं के दुःख का हलाहल पी लिया तथा लोकमाता बनकर राज्य की दुःखियारी प्रजा के दुःखों को दूर करने के अपने कर्तव्य को पूर्ण करने के लिए कर्मक्षेत्र में कार्यरत हो गईं।

उन्होंने अपने पुत्र की स्मृति में एक सुंदर छतरी का निर्माण इंदौर में करवाया।

मालेराव के संबंध में किंवदंती प्रचलित है कि मालेराव के दुर्व्यवहार तथा अत्याचारों से क्षुब्ध होकर न्यायमूर्ति अहिल्याबाई ने सजा के बतौर उसे हाथी के पैरों तले कुचलवा दिया था। ऐतिहासिक तथ्यों के मद्देनजर इस किंवदंती में कोई सत्यता नहीं होते हुए भी मालवा के लोग इसे ही सच मानते हैं। इस किंवदंती से यह बात निर्विवाद रूप से सिद्ध होती है कि लोकमाता अहिल्याबाई अपनी प्रजा को अपने पुत्र से भी अधिक चाहती थीं तथा लोगों को भी अहिल्याबाई की धर्म-परायणता तथा न्याय-नीति पर इतना विश्वास था कि वे ऐतिहासिक तथ्य से अधिक अपनी श्रद्धा तथा विश्वास की भावना को ही महत्त्व देते हैं।

□

: ७ :

राघोबा का गर्व-हरण

मालेराव को कोई संतान नहीं थी। इसलिए उनके निधन के बाद यह प्रश्न उपस्थित हुआ कि होलकर राज्य की गद्दी पर अब कौन बैठे। राज्य की प्रजा चाहती थी कि राज्य की बागडोर देवी अहिल्या के ही हाथ में रहे; क्योंकि सूबेदार कोई भी रहा हो, पिछले कई वर्षों से राज्य का वास्तविक प्रशासन देवी अहिल्या द्वारा ही अत्यंत कुशलता तथा धर्म-परायणता के साथ संचालित हो रहा था। मल्हारराव के समय में उनके निरंतर युद्धक्षेत्र में रहने के कारण प्रशासन की बागडोर देवी अहिल्या के हाथ में रहती थी। मल्हारराव के निधन के पश्चात् मालेराव के नादान होने से पेशवा के निर्देश पर राजकाज देवी अहिल्या ही देख रही थीं। स्वाभाविक था कि अब बदली हुई परिस्थितियों में भी प्रजा राज्य की बागडोर उन्हीं के हाथ में देखना चाहती थी। मगर राज्य के कुछ पुरुषों को यह स्वीकार नहीं था कि एक असहाय विधवा होलकर राज्य की गद्दी पर बैठे। उन्हें यह बात शास्त्रों के प्रतिकूल प्रतीत हुई। राज्य के दीवान गंगाधर यशवंत चंद्रचूड भी इसी मत के थे। वे स्व. मल्हारराव के विश्वासपात्र सेवकों में से एक थे। मल्हरराव के साथ ही वे इंदौर आए थे तथा होलकर राज्य के प्रारंभ से ही प्रशासन में उनकी भूमिका महत्त्वपूर्ण रही थी। उनकी योग्यता का देवी अहिल्या भी सम्मान करती थीं। पिछले अध्याय में स्व. मालेराव को लिखे गए अपने पत्र में

उन्होंने मालेराव को गंगाधर पंत की सलाह के अनुसार चलने का निर्देश भी दिया था। मगर परिस्थितियाँ बदलने पर लोगों के बदलने में देर नहीं लगती। देवी अहिल्या के विश्वासपात्र रहे गंगाधर पंत भी बदली परिस्थितियों में उनके विरुद्ध हो गए। गंगाधर पंत ने देवी अहिल्या को किसी बालक को गोद लेने की सलाह दी, जिससे उसे सूबेदार की गद्दी पर बैठाया जा सके।

देवी अहिल्या अब तक राजनीतिक रूप से परिपक्व हो चुकी थीं। उन्हें गंगाधर पंत की इस मासूम सलाह के पीछे छुपी कूटनीति को भाँपने में देर नहीं लगी। वे जानती थीं कि यदि वे किसी अबोध बालक को गोद लेकर उसे गद्दी पर बैठा देंगी तो उन्हें अपने सारे अधिकार उसे सौंपने पड़ेंगे और फिर सारा प्रशासन गंगाधर पंत के हाथ में चला जाएगा।

देवी अहिल्या का विचार था कि राजा प्रजा की रक्षा के लिए होता है। जो राजा प्रजा को संतुष्टि प्रदान नहीं कर पाता, वह नरक का भागी होता है। उनका विचार था कि अबोध बालक के गद्दी पर बैठाए जाने पर सारा प्रशासन अधिकारियों के हाथ में चला जाएगा तथा उनपर किसी का नियंत्रण नहीं रहने से वे निरंकुश होकर प्रजा को लूटेंगे। इसलिए किसी अबोध बालक को गोद लेकर गद्दी पर बैठाने के विचार को उन्होंने खारिज कर दिया।

उन्होंने कहा कि जिन लोगों ने इस राज्य पर शासन किया है, उनमें से एक की मैं पुत्रवधू, दूसरे की पत्नी तथा तीसरे की माता हूँ। इसलिए यह मेरा नैसर्गिक अधिकार ही नहीं वरन् कर्तव्य भी है कि इस कठिन परिस्थिति में राज्य का शासन स्वयं के हाथ में ले लूँ तथा प्रजा के दुःख-दर्द दूर करने के अपने उत्तरदायित्व का निर्वाह करूँ।

देवी अहिल्या के इस निश्चय से दीवान गंगाधर पंत और उनके सहयोगी क्रुद्ध हुए। वे कहने लगे कि उनके रहते एक अनाथ विधवा नारी भला कैसे राज्य कर सकती है! एक अशक्त अबला विधवा की यह हिम्मत कि वह उन जैसे कूटनीतिज्ञों को चुनौती दे। उन्होंने उसके अभिमान को चूर-चूरकर अपनी मन-मरजी से राज्य की व्यवस्था करने

का निश्चय।

दीवान गंगाधर पंत ने रघुनाथ राव पेशवा को पत्र लिखकर कहा कि मालेराव के निस्संतान मरने से होलकर राज्य का कोई वारिस नहीं रहा है। अतः आप सैन्यबल लेकर आएँ और इस राज्य पर कब्जा कर लें। राघोबा स्वयं सत्ता का भूखा था। वह भला ऐसा अवसर क्यों व्यर्थ जाने देता। उसने अपनी सेनाओं का रुख इंदौर की ओर कर दिया।

दीवान गंगाधर पंत चंद्रचूड ने देवी अहिल्या को असहाय अबला समझकर बड़ी भूल की थी। उन्हें नहीं पता था कि अबला स्त्री यदि निश्चय कर ले तो अपने आत्मबल के सहारे बड़े-बड़े शक्तिशाली पुरुषों को भी धूल चटा सकती है। देवी अहिल्या के गुप्तचर उन्हें दीवान गंगाधर पंत तथा उनके सहयोगियों की कारस्तानियों के समाचार नियमित रूप से दे रहे थे। गंगाधर पंत द्वारा राघोबा दादा को लिखे गए पत्र की जानकारी भी उन्हें मिल गई थी। उन्हें यह भी पता चल गया था कि राघोबा दादा पचास हजार सैनिकों की अपनी सेना के साथ इंदौर की ओर चल पड़े हैं।

कोई सामान्य स्त्री इन समाचारों को सुनकर हतप्रभ हो जाती और गंगाधर पंत की योजना को सिर झुकाकर स्वीकार कर लेती। मगर देवी अहिल्या असामान्य प्रतिभा की धनी थीं। परिस्थितियों के समक्ष हार मानना उनके स्वभाव में ही नहीं था। उन्होंने गंगाधर पंत और राघोबा दादा की व्यूह रचना ध्वस्त करने का संकल्प कर लिया। उन्होंने गरजकर कहा, "कोई यह न समझे कि मैं औरत हूँ, अबला हूँ, विधवा हूँ, इसलिए मुझे आसानी से दबाया जा सकता है। जब मैं अपने कंधे पर भाला लेकर मैदान में खड़ी हो जाऊँगी तो किसी के लिए भी भारी पड़ जाऊँगी। हम पेशवा के सूबेदार हैं, उनकी सेवा के लिए सदैव तैयार हैं। मगर यदि कोई होलकर राज्य को हड़पने की कोशिश करेगा तो तीनों काल में यह कभी भी संभव नहीं होगा। यह राज्य मेरे श्वसुर ने किसी की खुशामद करके हासिल नहीं किया है। तलवार की ताकत पर कमाए गए इस राज्य की ओर यदि किसी ने कुदृष्टि डाली तो हम उसे जिंदा

नहीं छोड़ेंगे।''

अपने विश्वस्त सेवकों को बुलाकर उन्होंने अपनी शक्ति का जायजा लिया और राज्य के शासन–सूत्र अपने हाथ में लेने की घोषणा कर दी। देवी अहिल्या द्वारा शासन–सूत्र अपने हाथ में लिये जाने का समाचार मिलते ही प्रजा में उत्साह की लहर व्याप्त हो गई। प्रजा जानती थी कि देवी निस्स्वार्थ, परोपकारी, न्यायप्रिय तथा धर्मपरायण हैं, उन्होंने प्रजा के हित के लिए ही अपना कर्तव्य समझकर निरपेक्ष भाव से शासन–सूत्र अपने हाथ में लिये हैं।

देवी अहिल्या ने अपने सेनापति तुकोजीराव को पत्र भेजकर स्थिति की जानकारी दी तथा राज्य की सुरक्षा के लिए इंदौर आने का निर्देश दिया। उन्होंने महादजी सिंधिया, भोंसले, गायकवाड़ तथा दाभाड़े आदि सरदारों को पत्र लिखकर उनपर आई विपत्ति की जानकारी देते हुए तथा स्व. मल्हारराव के द्वारा समय–समय पर उन्हें दिए गए सहयोग का स्मरण कराते हुए ऐसे संकट के समय होलकर राज्य की मदद–हेतु आने का निवेदन किया। सभी सरदारों ने उन्हें प्रत्युत्तर में कहा कि हम स्व. मल्हारराव होलकर के ऋणी हैं। इस संकट की घड़ी में जब भी जरूरत होगी, आप हमें अपने साथ खड़ा पाएँगी।

देवी ने श्रीमंत माधवराव पेशवा को पत्र लिखकर राघोबा दादा द्वारा गंगाधर पंत चंद्रचूड के साथ मिलकर उकने राज्य को हड़पने के लिए किए गए षड्यंत्र की जानकारी उन्हें दी। माधवराव पेशवा स्वयं भी न्यायप्रिय तथा धर्मपरायण शासक थे। अपने चाचा राघोबा दादा की मनोवृत्ति को वे जानते थे। उन्होंने देवी अहिल्या के पत्र के उत्तर में उन्होंने लिखा कि 'यदि कोई आपके राज्य को हड़पने के लिए आक्रमण करे तो बेशक उसका मुकाबला कर उसे मार भगाइए। होलकर राज्य पर शासन करने का आपका ही अधिकार है, हमारी ओर से आप निश्िंचत रहें।'

इतनी व्यूह रचना करने के बाद देवी ने स्वयं पाँच सौ महिला सैनिकों की एक सेना तैयार की तथा उसे युद्ध का प्रशिक्षण देकर अस्त्र–शस्त्रों से सुसज्जित कर दिया। उन्होंने युद्ध के लिए आवश्यक गोला–

बारूद तथा रसद का संग्रह कर उसे सेना के सुपुर्द किया।

तभी समाचार मिला कि राघोबा पचास हजार की विशाल सेना के साथ उज्जैन में शिप्रा के तट पर पड़ाव डाल चुका है। वह सिंधिया, गायकवाड़, दाभाड़े आदि की सेना की प्रतीक्षा कर रहा था, जिन्हें उसने पत्र लिखकर मदद के लिए आने के आदेश दिए थे। मगर इन सबने उसकी ओर से अहिल्याबाई के विरुद्ध युद्ध लड़ने के लिए साफ मना कर दिया। इतना ही नहीं, उनकी सेनाएँ अहिल्याबाई की मदद के लिए वहाँ आ धमकीं। देवी अहिल्या का आशीर्वाद लेकर सेनापति तुकोजीराव भी अपनी सेना के साथ उज्जैन में शिप्रा के तट पर जा पहुँचे। उन्होंने राघोवा को संदेश भेजा कि सावधान, यदि आक्रमण के इरादे से शिप्रा पार करोगे तो हमारी तलवार बाहर निकल आएगी। इस बात का विचार करके ही क्षिप्रा पार करना।

तभी देवी अहिल्या का लिखा एक पत्र भी राघोबा को मिला, जिसमें देवी ने लिखा था कि 'आप मुझे अबला नारी समझकर मेरा राज्य हड़पने के इरादे से यहाँ आए हैं। मगर आपकी यह मंशा कभी भी पूरी नहीं हो सकेगी। आप मुझे अबला समझते हैं; मगर मेरी शक्ति आपको युद्धक्षेत्र में ही पता चलेगी। आपसे शीघ्र ही युद्धक्षेत्र में मेरी भेंट होगी। अपनी महिला सेना के साथ मैं आपका मुकाबला करूँगी। यदि मैं युद्ध में पराजित भी हो गई तो कोई मेरी हँसी नहीं उड़ाएगा, न ही कोई आपकी विजय पर आपकी प्रशंसा करेगा। मगर यदि आप युद्ध में हार गए तो आप कहीं मुँह दिखाने लायक नहीं रहोगे। एक अबला पर आक्रमण करने से जो कलंक आप पर लगेगा, वह कभी भी नहीं मिट सकेगा। इन सारी बातों का विचार करके ही आप युद्ध के मैदान में उतरें।'

देवी अहिल्या का उपर्युक्त पत्र पाकर राघोबा दादा का युद्ध का सारा जोश ही ठंडा पड़ गया। देवी अहिल्या की तैयारियों की जानकारी उसे मिल ही चुकी थी, इसलिए उनके विरुद्ध युद्ध में न उतरने में ही उसने अपनी भलाई समझी। उसने तुरंत पैंतरा बदला तथा तुकोजीराव

को लिख भेजा कि आप लोगों को यह गलतफहमी हो गई है कि हम होलकर राज्य पर हमला करने आए हैं। स्व. मल्हारराव के साथ अपने संबंधों के चलते हम यह सोच भी नहीं सकते कि हम उनकी पुत्रवधू के साथ युद्ध करें। हम तो देवी अहिल्या के पुत्र स्व. मालेराव के दुःखद निधन पर शोक संवेदना व्यक्त करने के उद्देश्य से इंदौर आए हैं।'

तुकोजीराव ने तुरंत जवाब दिया, 'मातमपुर्सी के लिए इतनी बड़ी सेना लेकर आने की क्या जरूरत थी? आप सेना को यहीं छोड़ अकेले इंदौर चलिए, हम आपको पूरा सम्मान देंगे।' राघोबा दादा अब बाजी हार चुके थे। उनके समक्ष अब कोई चारा नहीं बचा था। अपनी सेना को क्षिप्रा के तट पर छोड़कर वह अपनी पत्नी तथा चार-पाँच सरदारों के साथ पालकी में बैठकर तुकोजीराव के डेरे में आए। तुकोजीराव ने आदर के साथ उनके पैरों पर सिर रखकर उनका अभिवादन किया तथा उन्हें साथ लेकर इंदौर आए। इंदौर आने पर देवी अहिल्या ने परंपरागत आदर-आतिथ्य के साथ राघोबा दादा का स्वागत-सत्कार किया। देवी अहिल्या तथा राघोबा दादा के बीच विचार-विमर्श हुआ। दोनों ही पक्षों ने पिछले दिनों घटित हुए कटु प्रसंग की तनिक भी चर्चा नहीं करते हुए उसे भुला दिया। लगभग एक माह तक इंदौर में आतिथ्य ग्रहण कर राघोबा वापस लौट गए। इस दौरान राघोबा देवी अहिल्या के व्यक्तित्व से भलीभाँति परिचित और प्रभावित भी हो चुके थे। दत्तक प्रकरण की भी उसने दुबारा कोई चर्चा नहीं की। देवी से विदा लेकर उज्जैन से अपनी सेना का डेरा उठाकर वह पूना लौट गया। गंगाधर चंद्रचूड भी लज्जित होकर तीर्थयात्रा के बहाने पूना चला गया।

इस प्रकार राज्य के शासन-सूत्र देवी अहिल्या के हाथ में सुदृढ़ हो गए। देवी अहिल्या ने राज्य के अस्तित्व पर आए इस संकट का जिस साहस तथा चतुराई के साथ मुकाबला कर राज्य की सुरक्षा की, इससे उनकी योग्यता तथा चतुराई की धाक चारों ओर फैल गई। प्रजा में उत्साह तथा प्रसन्नता का वातावरण छा गया।

□

: ८ :

नई राजधानी महेश्वर

अपने पुत्र मालेराव के निधन के बाद देवी अहिल्या का मन सांसारिक मोहजाल से पूर्णतया विरक्त हो गया था। एक के बाद एक—अपने पति, सास, ससुर और फिर पुत्र के—निधन से उन्हें अपना जीवन निस्सार प्रतीत होने लगा था। कई बार सबकुछ त्यागकर किसी तीर्थक्षेत्र में जा बसने तथा शेष जीवन प्रभुभक्ति में व्यतीत करने की इच्छा उनके मन में बलवती हो उठती थी। मगर अपने श्वसुर स्व. मल्हारराव की देखभाल करने का दिया हुआ उनका वचन तथा अपने राज्य की प्रजा की चिंता उन्हें ऐसा करने से रोक रही थी। वे अजीब पसोपेश में थीं। एक ओर राज्य के प्रजाजनों की चिंता तथा दूसरी ओर स्वयं का परमार्थ—दोनों के बीच तालमेल कैसे हो, यही उनकी चिंता का विषय था। अंत में उन्होंने मार्ग ढूँढ़ ही निकाला।

पवित्र नर्मदा नदी पर उनकी बड़ी श्रद्धा थी। नर्मदा नदी इंदौर से बहुत दूर नहीं थी। नर्मदा नदी पर कई तीर्थस्थल थे। देवी अहिल्या ने अपनी राजधानी को नर्मदा के किनारे किसी तीर्थस्थल पर ले जाने का निश्चय किया, जहाँ से वे राज्य-संचालन तथा स्वयं की मोक्ष-साधना, दोनों ही कर सकें। उन्होंने नर्मदा-किनारे के गाँवों का इस दृष्टि से निरीक्षण किया। निमाड़ जिले में मरदाना नामक एक प्राचीन गाँव उन्हें राजधानी बनाने योग्य प्रतीत हुआ; मगर ज्योतिषियों द्वारा उसे राजधानी

बनाए जाने के लिए उचित न बताए जाने से मरदाना को राजधानी बनाने का विचार त्याग दिया। तभी उनका ध्यान महेश्वर की ओर गया। उन्हें वह स्थान राजधानी तथा परमार्थ साधना—दोनों ही दृष्टियों से उचित प्रतीत हुआ, इसलिए उसे ही सब दृष्टि से श्रेष्ठ मानकर राजधानी बनाने का निश्चय किया गया। देवी अहिल्या द्वारा महेश्वर को राजधानी बनाए जाने से जैसे महेश्वर के भाग्य जाग गए। देवी ने अपने शेष जीवन के लगभग अट्ठाईस वर्ष महेश्वर में बिताए। इस काल में महेश्वर देश के नक्शे पर एक महत्त्वपूर्ण केंद्र के रूप में उभरा। देश भर के प्रमुख राज्यों के दूतों और राजनेताओं, विद्वानों तथा संत-महात्माओं का निरंतर महेश्वर आना-जाना होता रहा। इससे महेश्वर की खूब प्रगति और विकास हुआ तथा यह प्राचीन तीर्थ नगरी पुनः भारतवर्ष के प्रमुख नगरों में गिनी जाने लगी।

प्राचीन भारत में अवंतिका के नाम से विख्यात रहा मालवा का उज्जैन तथा माहिष्मती के नाम से जाना जानेवाला निमाड़ का महेश्वर ये दोनों ऐतिहासिक तीर्थस्थल इंदौर के समीप ही स्थित हैं। इन दोनों नगरों का पुरातत्त्व के हिसाब से भी बहुत महत्त्व है। 'रामायण', 'महाभारत' के साथ ही पुराणों तथा बौद्ध-जैन धर्मग्रंथों में भी इन नगरों का उल्लेख मिलता है। इनमें से महेश्वर के होलकर राज्य में ही स्थित होने से देवी अहिल्या ने उसे अपनी राजधानी के रूप में चुना था। रामायण, महाभारत काल में भी यह एक समृद्ध नगरी रही थी। अपनी दिग्विजय यात्रा के दौरान अर्जुन के भी यहाँ आने के साक्ष्य उपलब्ध हैं।

इस नगरी को राजा महिष्मान द्वारा बसाया गया था। पुराणों तथा इतिहास-प्रसिद्ध अनेक राजाओं का इससे संबंध रहा है। राजा सहस्त्रार्जुन के राज्य अनूपदेश की राजधानी यही माहिष्मती थी। महाकवि कालिदास के प्रसिद्ध ग्रंथ 'मेघदूत' में इस नगरी का उल्लेख है। आदि शंकराचार्य तथा प्रख्यात विद्वान् मंडन मिश्र के बीच शास्त्रार्थ यहीं हुआ था। हैहय, चालुक्य तथा परमार राजाओं के समय भी इस नगरी को विशेष महत्त्व प्राप्त था। यह मांडव के सुलतानों के राज्य में तथा गुजरात के सुलतान

अहमद के राज्य में भी शामिल थी। बाद में यह मुगल साम्राज्य का हिस्सा बनी। सन् १७३० में मल्हारराव होलकर ने मालवा तथा निमाड़ को मुगलों से छीनकर होलकर राज्य की स्थापना की, तभी से यह नगरी होलकर राज्य में थी। इस नगरी के महत्त्व को समझते हुए मल्हारराव ने सन् १७४५ में एक विशेष राजाज्ञा के द्वारा महेश्वर के विकास के लिए बुनकरों, सुतारों, मजदूरों तथा व्यापारियों को विशेष सुविधाएँ प्रदान कर वहाँ बसाने के आदेश दिए थे।

महेश्वर नर्मदा नदी के किनारे बसा है। नर्मदा भारत की सात प्रमुख तथा पवित्र नदियों में से एक है। इस नदी के किनारे पर अनेक धर्मस्थल स्थित हैं। विश्व में यह एकमात्र ऐसी नदी है, जिसकी प्रतिवर्ष हजारों धर्मालुजनों द्वारा पैदल परिक्रमा की जाती है। देवी अहिल्या भी नर्मदा मैया के प्रति बहुत श्रद्धा रखती थीं, इसीलिए महेश्वर को अपनी राजधानी बनाकर देवी ने अपने जीवन का बड़ा भाग नर्मदा तट पर बिताया। महेश्वर में नर्मदा का पाट बहुत विस्तृत तथा सुंदर है। पानी अथाह है। प्राकृतिक छटा बहुत ही दर्शनीय है। अहिल्याबाई ने यहाँ कई प्राचीन मंदिरों का जीर्णोद्धार करवाया। नए मंदिर तथा विशाल घाटों का निर्माण करवाया; विद्वानों, ब्राह्मणों तथा बुनकरों को रहने के लिए अनेक नए मकान बनवाकर दिए।

उत्तर भारत से दक्षिण भारत को जोड़नेवाले प्रमुख राजमार्ग पर स्थित होने से महेश्वर का भौगोलिक महत्त्व तो था ही, देवी अहिल्या की राजधानी बन जाने के उपरांत उसका राजनीतिक, सामाजिक तथा व्यावसायिक महत्त्व भी बढ़ गया। देवी अहिल्या ने देश भर के चुनिंदा विद्वानों, धर्माचार्यों, ज्योतिषियों, पौराणिकों, कीर्तनकारों, कलाकारों, कारीगरों को आदरपूर्वक बुलाकर महेश्वर में बसाया। उन्हें राजाश्रय दिया, संस्कृत पाठशाला प्रारंभ की। मंदिरों में उनके द्वारा नियमित रूप से पूजा-पाठ तथा धार्मिक अनुष्ठानों के आयोजन होते रहते थे। इन्हें संपन्न कराने के लिए सैकड़ों ब्राह्मण तथा पुरोहित महेश्वर में बस गए थे। महेश्वर के मंदिरों में मंत्रोच्चार तथा घंटे, शंख, घड़ियालों की मंगल ध्वनि दिन भर

गूँजती रहती थी। देवी द्वारा ब्राह्मणों तथा गरीबों को नित्य दान-पुण्य तथा भोजन कराया जाता था। विविध राज्यों के प्रतिनिधिमंडल, राजदूत तथा वकील देवी के दर्शनार्थ नित्य महेश्वर आते रहते थे।

देवी ने देश भर में सभी तीर्थ-स्थानों पर मंदिर, घाट, धर्मशाला तथा अन्न छत्र बनवाए, जिनके निर्माण के लिए हजारों कारीगरों की आवश्यकता होती थी। इसलिए इस कार्य में रोजगार तलाशनेवाले हजारों शिल्पी, मूर्तिकार, कारीगर आदि भी महेश्वर में आकर बस गए थे। देवी अहिल्या के प्रयासों से महेश्वर वस्त्रोद्योग के प्रमुख केंद्र के रूप में देश के व्यावसायिक मानचित्र पर स्थापित हो गया था। उन्होंने देश भर से बुनकरों को आमंत्रित कर महेश्वर में बसाया। उन्हें रहने को घर तथा व्यवसाय के लिए धन दिया। इतना ही नहीं, उनके द्वारा बनाई जानेवाली साड़ियों को खरीदकर उन्हें प्रोत्साहित भी किया। उनकी प्रेरणा तथा प्रोत्साहन से महेश्वर में कलात्मक उच्च दरजे की साड़ियाँ तथा वस्त्र तैयार होने लगे और देश भर में लोकप्रिय भी होने लगे। देवी स्वयं महेश्वर में बननेवाली साड़ियाँ ही पहनती थीं। साथ ही उनके यहाँ आनेवाले मेहमानों को भी महेश्वर के बने वस्त्र ही उपहार में देती थीं। उनके उदार राजाश्रय, कला की परख तथा प्रोत्साहन के कारण ही महेश्वर के बुनकरों का व्यवसाय खूब फलने-फूलने लगा और वे संपन्न तथा सुखी बन गए।

महाराष्ट्रों के तत्कालीन प्रसिद्ध कवि तथा गायक अनंत फंदी ने महेश्वर का वर्णन करते हुए लिखा है, 'महेश्वर नर्मदा तट पर बसा है। वहाँ विशाल घाट हैं और गगनचुंबी मंदिर भी। नर्मदा वहाँ गहरी है, इसलिए यह नगर कैलाश की भाँति सुंदर और सुहावना दिखाई देता है। वहाँ के घर तथा हवेलियाँ बड़ी सुंदर हैं। अहिल्याबाई की कीर्ति सुनकर अनेक लोग महेश्वर आते हैं तथा उनका दान-पुण्य देखकर कृतार्थ होते हैं। महेश्वर में अपार संपत्ति है, शहर गुलजार है। बड़े-बड़े बाजार, बड़ी दुकानें तथा लखपति साहूकार हैं। दुकानें सब प्रकार के मालों से भरी हुई हैं। वस्तुएँ सस्ती हैं तथा किसी भी वस्तु की कमी नहीं है।

अहिल्याबाई अपनी प्रजा का संतान की भाँति पालन करती हैं। उसकी सुविधा तथा सुरक्षा का पूरा ध्यान रखती हैं। गरीबों के लिए उन्होंने सदाव्रत तथा अन्नछत्र प्रारंभ किए हैं। संपूर्ण देश से गरीब, विद्वान् तथा साधु-संत महेश्वर आते हैं और देवी सबको दान-धर्म करती हैं। वे नित्य शिवजी की पूजा कर बहुत दान-धर्म करती हैं।

अनंत फंदी के काव्य से पता चलता है कि कैसे एक साधारण कस्बा महेश्वर देवी अहिल्या के प्रयत्नों से एक समृद्ध नगरी बन गया। होलकर राज्य की राजधानी होने के कारण देश भर के राजाओं के दूत तथा वकील महेश्वर आते रहते थे। कई राजाओं के स्थायी दूत भी महेश्वर में रहते थे। इन राजदूतों के भव्य प्रासाद महेश्वर में थे। बड़े-बड़े व्यापारियों, साहूकारों की विशाल हवेलियाँ भी वहाँ थीं। स्वाभाविक रूप से मन में यह जानने की उत्कंठा जाग्रत् होती है कि इस वैभवशाली नगरी की स्वामिनी देवी अहिल्या का महल कैसा वैभवशाली रहा होगा। मगर यहीं सामान्य जनों की कल्पनाशीलता को धक्का पहुँचता है, क्योंकि देवी अहिल्या का महल साहूकारों और राजदूतों के प्रासादों की भाँति विशाल तथा वैभवपूर्ण नहीं था। देवी अहिल्या के निवास को महल नहीं वरन् किसी संन्यासिनी का आश्रम कहा जा सकता है। एक बहुत ही साधारण सा आडंबरहीन घर। दो मंजिला यह मकान किसी मध्यम वर्गीय साधारण नागरिक के घर जैसा ही था; मगर किसी मंदिर अथवा तीर्थस्थान में महसूस होनेवाली अनुपम दिव्य शांति इस घर में भी महसूस होती है। राज योगिनी की साधनास्थली अथवा तपश्चर्या की कुटिया का स्वरूप इस घर में दिखाई देता है। यही वह स्थान है, जहाँ बैठकर वह बड़े राजाओं तथा राजदूतों से मंत्रणा करतीं। अपने मंत्रियों, सरदारों, राजनीतिज्ञों तथा प्रजाजनों से भेंट करतीं तथा राष्ट्रीय महत्त्व के निर्णय करती थीं। इसी घर के एक कमरे में देवी का पूजागृह था, जहाँ बैठकर वह नित्य सवेरे ईश्वर की पूजा करती थीं, घर के आँगन में तुलसी वृंदावन था। घर के सामने ही नर्मदा का विशाल घाट था, जहाँ बैठकर वह रोज नर्मदा स्नान करती थीं। घर के पास एक छोटा सा बाग भी था, जहाँ उनकी पूजा

के लिए फूलों के पौधे तथा तुलसी के पौधे लगाए गए थे।

देवी अहिल्या के महान् जीवन की भाँति उनका यह सामान्य सा निवास-स्थान भी लोगों के लिए प्रेरणा और श्रद्धा का केंद्र बना हुआ है। उनके निवास-स्थान को आज भी उसी स्थिति में रखने का प्रयास किया गया है, जैसा देवी के समय में था। दुनिया भर से लोग आज भी देवी अहिल्या को श्रद्धांजलि अर्पित करने महेश्वर आते हैं तथा उनके तेजस्वी जीवन और कार्यों से प्रेरणा लेकर वापस लौटते हैं। देवी अहिल्या के इस साधारण निवास-स्थान को देखने के उपरांत मध्य प्रदेश के राज्यपाल महामहिम डॉ. भाई महावीर ने पिछले दिनों इंदौर में देवी अहिल्या राष्ट्रीय पुरस्कार अलंकरण समारोह की अध्यक्षता करते हुए अपने भाषण में कहा था कि 'लोगों को, विशेषकर राजनेताओं को, महेश्वर जाकर एक बार देवी अहिल्या के उस असाधारण निवास-स्थान को अवश्य देखना चाहिए, तभी उन्हें पता चलेगा कि इतने विशाल तथा संपन्न राज्य की स्वामिनी होकर भी किस प्रकार पुण्यश्लोक देवी अहिल्या किसी योगिनी की भाँति अपना जीवन व्यतीत करती थीं। उनकी जीवन-शैली का अवलोकन करने के बाद आधुनिक राजनेताओं को अपनी वैभवपूर्ण जीवन-शैली पर शर्म आएगी।'

देवी अहिल्या के देहावसान के पश्चात् महाराजा यशवंतराव प्रथम ने उनकी स्मृति में महेश्वर में विशाल छतरी तथा कई घाट बनवाए हैं। इनकी सुंदरता दर्शनीय है। देवी की छतरी लगभग डेढ़ करोड़ रुपयों की लागत से चौंतीस वर्षों में बनकर पूर्ण हुई थी। □

: ९ :

बिटिया का विवाह

देवी अहिल्या की दो संतानें थीं। पुत्र मालेराव तथा बिटिया मुक्ताबाई। सास, ससुर, पति तथा पुत्र सभी के स्वर्गवासी हो जाने के बाद देवी के परिवार में केवल इकलौती बेटी मुक्ताबाई ही रह गई थी। स्वाभाविक रूप से वह उनकी लाडली थी। मुक्ताबाई अब सयानी हो चुकी थी तथा देवी अहिल्या उसके लिए उपयुक्त वर तलाश कर रही थीं। राजनीतिक अनिश्चितता तथा परिवार पर आए संकटों के कारण देवी को मुक्ता के विवाह के लिए प्रयास करने का अवसर ही नहीं मिला था।

देवी अहिल्या द्वारा राज्य के शासन-सूत्र अपने हाथ में लिये जाने तथा अपनी राजधानी महेश्वर स्थानांतरित करने के बाद देवी ने राज्य की प्रशासनिक व्यवस्था को ठीक करने को सर्वोच्च प्राथमिकता दी। राजनीतिक अनिश्चितताओं के कारण राज्य का प्रशासन-तंत्र पिछले कुछ समय से अस्त-व्यस्त था। परिणामस्वरूप राज्य में कानून व्यवस्था कमजोर हो गई थी। चारों ओर चोरों और डाकुओं के आतंक से प्रजा परेशान थी। प्रजा को इस स्थिति से उबारने के लिए देवी ने कानून व्यवस्था को मजबूत कर चोरों, डाकुओं का सफाया करने का निश्चय किया। उन्होंने राज्य के प्रमुख सरदारों, अधिकारियों, सैनिकों तथा नागरिकों को बुलाकर उनके साथ भरे दरबार में इस बाबत विचार-विमर्श किया। उन्होंने राज्य से डाकुओं का खात्मा करने का आह्वान करते हुए घोषणा कर दी कि जो भी

मेरे राज्य से चोर-डाकुओं को खत्म कर मेरी प्रजा को राहत पहुँचाएगा, अपनी इकलौती बेटी का विवाह मैं उसके साथ कर दूँगी।

जिस काल में जात-पाँत का, ऊँच-नीच का, अमीर-गरीब का विचार विवाह संबंध तय करने में समाज में महत्त्वपूर्ण भूमिका निभाता रहा हो, उसी काल में केवल वीरता को आधार बनाकर किसी ऐसे अज्ञात, अनजान व्यक्ति के साथ लाडली बेटी के विवाह की घोषणा करना, जो चोरों, डाकुओं को खत्म कर प्रजा को राहत पहुँचाने में सफल होगा, बहुत साहसी और पुरागामी निर्णय था। इस निर्णय से जहाँ देवी ने जात-पाँत, ऊँच-नीच, अमीर-गरीब तथा सामान्य-कुलीन जैसे वर्गभेद से ऊपर उठकर केवल वीरता को सबसे बड़ी योग्यता माना था, वहीं प्रजा के हित के लिए अपनी स्वयं की इकलौती लाडली बिटिया को दाँव पर लगाकर त्याग और समर्पण की सर्वोच्च मिसाल भी पेश की थी। सारा दरबार देवी की इस घोषणा से स्तब्ध रह गया था। कुछ समय तक कोई भी यह बीड़ा उठाने आगे नहीं आया। लोग सोचने लगे कि क्या इतने वीरों में कोई भी ऐसा नहीं जो यह बीड़ा उठा सके। तभी अचानक एक नवयुवक उठ खड़ा हुआ। उसका नाम था यशवंतराव फणसे। उसने उठकर साहसपूर्वक यह बीड़ा उठाने की घोषणा की; मगर शर्त यह थी कि उसे इस कार्य के लिए आवश्यक सेना तथा द्रव्य उपलब्ध कराया जाए। उसने कहा, "यदि आवश्यक सेना और द्रव्य उपलब्ध कराया जाए तो मैं यह कार्य कर दिखाऊँगा।" युवक की बात सुनकर देवी प्रसन्न हुईं। मन-ही-मन युवक की प्रशंसा करते हुए उन्होंने उसके द्वारा माँगा गया आवश्यक सैन्यबल तथा धन उसे सौंप दिया।

यशवंतराव फणसे बड़ा बुद्धिमान तथा साहसी युवक था। उसने अल्प समय में ही अपनी वीरता का परिचय देते हुए होलकर राज्य में व्याप्त चोरों तथा डाकुओं के आतंक को समाप्त कर दिया और राज्य में सुख एवं शांति की स्थापना कर दी। यह शाश्वत सत्य है कि आसानी से मिलनेवाली वस्तु की अपेक्षा परिश्रम से प्राप्त वस्तु का महत्त्व अधिक होता है। यशवंतराव फणसे परिश्रमपूर्वक राज्य में चोरों, डाकुओं का

आतंक समाप्त करने में अपनी वीरता का परिचय देकर देवी की कसौटी पर खरे उतरे थे और इस प्रकार देवी की लाडली पुत्री के लिए सुयोग्य वर के रूप में अपनी योग्यता उन्होंने सिद्ध कर दी थी। देवी ने भी अपने वचन का पालन करते हुए धूमधाम के साथ मुक्ताबाई का विवाह यशवंतराव फणसे के साथ कर दिया। महेश्वर के समस्त प्रजाजनों को इस विवाह में भोजन, सेवकों को वस्त्र तथा ब्राह्मणों को दक्षिणा देकर संतुष्ट किया गया। देवी ने अपनी बेटी को स्वर्ण आभूषण तथा स्वयं की खाजगी संपत्ति से तराना परगना दहेज में दिया। अपनी लाडली बिटिया को गृहस्थाश्रम के उचित पालन के लिए आवश्यक उपदेश देकर उन्होंने उसे ससुराल के लिए विदा किया।

□

: १० :

विद्रोह का दमन

चोर, डाकू और लुटेरों का दमन कर राज्य में आंतरिक शांति और सुव्यवस्था की स्थापना करने में देवी अहिल्या को अभी सफलता मिली ही थी कि अचानक सीमावर्ती इलाकों में विद्रोह के बादल घुमड़ने लगे। होलकर राज्य की सीमा राजस्थान के रामपुरा परगने से प्रारंभ होती थी। यहाँ पर चंद्रावत घराने के राजपूत निवास करते थे। चंद्रावत उदयपुर के राणा परिवार के सगे-संबंधियों में से थे। उनके होलकर राज्य के अंतर्गत आने का इतिहास बहुत पुराना नहीं था।

जयपुर नरेश सवाई जयसिंह के दो पुत्र थे—माधवसिंह तथा ईश्वरीसिंह। जयसिंह के पश्चात् उनमें सत्ता-संघर्ष चल रहा था। माधवसिंह अपने चंद्रवंशी मामा उदयपुर के राणा संग्रामसिंह के पास रह रहा था। उसके मामा ने रामपुरा के कुछ इलाके गुजारे के लिए उसे दे रखे थे। माधवसिंह की अनुपस्थिति में ईश्वरीसिंह जयपुर की गद्‌दी पर बैठ गया; परिणामस्वरूप दोनों भाइयों में सत्ता-संघर्ष छिड़ गया। माधवसिंह का ममेरा भाई उदयपुर नरेश अपने फुफुरे भाई को जयपुर के राजसिंहासन पर बिठाना चाहता था, मगर ईश्वरीसिंह को परास्त करने के लिए पर्याप्त शक्ति उनके पास नहीं थी। इसलिए उन्होंने अपने अधिकार की प्राप्ति के लिए मल्हारराव से मदद माँगी थी। माधवसिंह के न्यायपूर्ण अधिकार को देखकर मल्हारराव ने उसे मदद करने का आश्वासन दिया तथा

ईश्वरीसिंह को लिख भेजा कि या तो माधवसिंह को गद्दी सौंप दो या युद्ध के लिए तैयार हो जाओ। मल्हारराव के भय मात्र से ईश्वरीसिंह ने आत्महत्या कर ली। माधवसिंह को उसका अधिकार मिल गया। मल्हारराव के प्रति कृतज्ञता व्यक्त करने के लिए माधवसिंह ने उन्हें चौंसठ लाख रुपए तथा मामा द्वारा उसे दिया गया रामपुरा का इलाका नजर किया।

माधवसिंह के ममेरे भाई को यह पसंद नहीं आया कि बगैर उनकी अनुमति के चंद्रावतों के राज्य का हिस्सा माधवसिंह ने मराठों को सौंप दिया था। मगर मल्हारराव के दबदबे के कारण वह चाहकर भी उनका विरोध नहीं कर सके थे। मगर मल्हारराव के देहांत के बाद रामपुरा के चंद्रावत अवसर पाकर अकसर ही होलकर राज्य की अधीनता से मुक्त होने के लिए विद्रोह का झंडा उठाते रहते थे। मगर देवी अहिल्या भी तत्काल अपनी सेना भेजकर उनके विद्रोह को कुचल दिया करती थीं। राजस्थान के अन्य राजपूत राजाओं का व्यापक समर्थन न होने से चंद्रावतों का विद्रोह कभी भी सफल नहीं हो सका था। राजस्थान के दूसरे राजाओं द्वारा चंद्रावतों की सहायता न किए जाने का कारण जहाँ होलकर राज्य की शक्ति से उनका घबराना था, वहीं महादजी सिंधिया की बड़ी सेना का राजस्थान में मौजूद होना भी था। होलकर तथा सिंधिया की शक्ति से घबराकर राजपूत राजा खुलकर चंद्रावतों के विद्रोह को समर्थन देने से हिचकिचाते थे।

मगर राजपूतों के दिलों में मराठों के विरुद्ध असंतोष की ज्वाला धधक रही थी। वे मराठों को राजपूताने से बाहर खदेड़ने के लिए उपयुक्त अवसर की प्रतीक्षा में थे और अब राजपूतों को वह अवसर मिल गया था। लालसोट के युद्ध में महादजी सिंधिया की पराजय हो गई थी। उनकी सेना के पैर उखड़ गए तथा वह राजस्थान से भाग खड़ी हुई। राजपूताने पर मराठों की पकड़ ढीली पड़ गई। इस अवसर का लाभ उठाकर राजपूत शक्तियाँ मराठों के खिलाफ लामबंद होने लगीं। असंतोष की चिंगारी प्रतिशोध की आग में परिवर्तित होकर देखते-ही-देखते विद्रोह का दावानल बनकर मराठा सत्ता को झुलसाने लगी।

रामपुरा के चंद्रावतों का हौसला भी बढ़ गया। उन्होंने होलकर राज्य से स्वतंत्र होने के लिए हाथ-पैर मारना प्रारंभ कर दिया। परिणामस्वरूप होलकर राज्य सीमा पर युद्ध के विकराल बादल मँडराने लगे। मराठों की सत्ता को उखाड़ फेंकने के लिए राजपूतों की तलवारें लपलपाने लगीं।

चंद्रावतों ने इस बार भी विद्रोह का झंडा ऐसे समय में उठाया था, जब देवी अहिल्या के सेनापति सूबेदार तुकोजीराव दूर दक्षिण में युद्ध अभियान में उलझे हुए थे। चंद्रावतों का अनुमान था कि तुकोजीराव की अनुपस्थिति में अहिल्याबाई उनका सामना नहीं कर पाएँगी और उन्हें आसानी से विजय प्राप्त हो जाएगी। मगर वे देवी अहिल्या को पहचानते नहीं थे। देवी को उनकी गतिविधियों की पूरी जानकारी थी। अहिल्याबाई ने उनसे निपटने की कार्य-योजना भी तैयार कर रखी थी। उन्होंने अपने सभी सरदारों को पत्र लिखकर सेना तैयार करने के निर्देश दे दिए थे। उन्होंने स्वयं अपनी सेना की तैयारी भी प्रारंभ कर दी थी। सेना के लिए आवश्यक गोला-बारूद तथा रसद आदि भी जुटाई जा रही थी। सहयोगी मराठा सरदारों तथा पूना में श्रीमंत पेशवा महाराज को भी स्थिति की जानकारी से अवगत करा दिया गया था। देवी अहिल्या युद्ध की तैयारियों में व्यस्त थीं। तभी रामपुरा परगने में स्थित निबाहेडा गढ़ी के किलेदार शिवाजी नाना के गढ़ी छोड़कर भाग आने की खबर उन्हें मिली। शिवाजी नाना ने उन्हें बताया कि गढ़ी में केवल सौ मराठा सैनिक थे और अचानक दो हजार सैनिकों के साथ गढ़ी शत्रु ने उनपर हमला कर दिया, इसलिए वह गढ़ छोड़कर वापस आ गए थे। शिवाजी नाना ने समाचार दिया कि उदयपुर के राणा के सैनिकों ने चरकडे तक होलकर राज्य में घुसपैठ कर ली है। रामपुरा के जागीरदार चंद्रावत ने भी उनसे मिलकर होलकर राजसत्ता के खिलाफ बगावत का झंडा उठा लिया है।

शिवाजी नाना का कथन सुनकर देवी अहिल्या के क्रोध की सीमा नहीं रही। गरजते हुए उन्होंने कहा कि ''शिवाजी नाना! शत्रुओं का मुकाबला किए बगैर भागकर तुमने अपनी कायरता का परिचय दिया है।

भागने के बजाय यदि तुम मुकाबला करते हुए शहीद हो जाते तो तुम्हें स्वर्ग तो मिल जाता। तुम्हें यदि यह भय होता कि मोर्चे से भागने पर अहिल्याबाई तुम्हारा सिर कलम कर देगी तो तुम भागने की हिम्मत नहीं करते। तुम्हारे भगोड़ेपन से दुश्मन के साहस में वृद्धि हुई है। वह दोगुने उत्साह से हमपर आक्रमण कर रहा है। यह सब तुम्हारी इस भूल का परिणाम है।''

तभी दूत ने आकर खबर दी कि राणा ने दस हजार सैनिकों के साथ निंबाहेड़ा, जावद तथा आस-पास के गाँवों पर हमला कर दिया है और देवी अहिल्याबाई द्वारा उसके मुकाबले के लिए भेजे गए अंबाजी पंत चाखर्दा के समीप हुए युद्ध में मारे गए हैं। यह समाचार सुन देवी ने कहा, ''नाना, देखा, आपकी कायरता से चंद्रावतों के उत्साह में कैसे वृद्धि हुई है! यदि आपने उनसे प्रारंभ में ही मुकाबला किया होता तो दुश्मन के साहस में इतनी वृद्धि न हुई होती।''

देवी ने कहा, ''चंद्रावतों की यह पहली बगावत नहीं है, स्व. सूबेदार मल्हारराव होलकर के निधन के बाद जब तुकोजीराव दक्षिण में थे, तब सन् १७७१ में भी अवसर का लाभ उठाकर उन्होंने बगावत की थी। तब हमने स्वयं शरीफ भाई को साथ लेकर उनपर चढ़ाई की थी। मंदसौर के उत्तर में पलसुडा गाँव के समीप उनके साथ हमारा युद्ध हुआ था। हम स्वयं हाथ में तलवार लेकर उनसे लड़ रहे थे। बहुत रक्तपात के बाद चंद्रावत पराजित हुए थे। विजय के लिए हम कितना रक्तपात करने को तैयार होते हैं, इसी पर शत्रु की पराजय निर्भर करती है। सन् १७८३ में भी उन्होंने उपद्रव किया, तब भी हमने उनका बंदोबस्त किया था। राजपूत हमारी सदाशयता को हमारी कमजोरी समझ रहे हैं, इसलिए इस बार उनका हमेशा के लिए फैसला करना पड़ेगा।''

चंद्रावतों द्वारा बार-बार की जा रही बगावतों को हमेशा के लिए खत्म कर देने के उद्देश्य से देवी ने शरीफ भाई के नेतृत्व में बड़ी सेना भेजने का निर्णय लिया। उन्होंने शरीफ भाई से कहा कि ''इस अभियान में प्रमुख सेनापति आप होंगे। आपके साथ हमारी विशाल सेना होगी।

आप तुरंत रवाना होइए और राजपूतों की बगावत खत्म कीजिए। भयंकर युद्ध कीजिए। सारा मेवाड़ खोद डालिए, जिससे राजपूत हमारे समक्ष पुनः विद्रोह का साहस न कर सकें। ध्यान रहे, इस युद्ध से यदि कोई भागकर वापस आएगा तो मैं उसका सिर कलम करवा दूँगी।

"ध्यान से सुनो! मुझे विद्रोहियों के सिर चाहिए, खोदा हुआ मेवाड़ चाहिए, चंद्रावतों के राणा को जिंदा पकड़कर, तोप के मुँह पर बाँधकर उड़ाए जाने का समाचार चाहिए, इससे कम कुछ नहीं। इसमें यदि कसूर हुआ तो मैं स्वयं हाथ में भाला लेकर वहाँ आऊँगी और शत्रु का नाश करूँगी। मगर इसके पहले अपनी सेना के कसूरवारों को दंडित करूँगी।"

देवी के आदेश से शरीफ भाई के नेतृत्व में उनकी सेना ने राजपूतों पर आक्रमण किया। देवी स्वयं भी युद्धक्षेत्र में पहुँच गईं, वह सेना के पीछे रहकर उन्हें निर्देश दे रही थीं। नए सैनिकों को भरती कर मार्चे पर ताजा कुमुक भेज रही थीं। घायल सैनिकों की चिकित्सा करवा रही थीं, बहादुरी दिखानेवालों को पुरस्कृत कर रही थीं।

देवी के कुशल नेतृत्व तथा प्रोत्साहन से होलकर सेना में अभूतपूर्व उत्साह व्याप्त हो गया। सेना ने काल की भाँति राजपूत सेना पर आक्रमण किया। भयंकर युद्ध हुआ। दोनों ओर के हजारों सैनिक मारे गए। देवी की सेना ने राजपूतों के दाँत खट्टे कर दिए। देखते-ही-देखते राजपूत सेना भागने लगी। होलकरों की विजयी सेना रामपुरा पहुँची और पुनः उसे जीत लिया। विद्रोह का नेता चंद्रावत वहाँ से भागकर आमद के किले में चला गया। देवी की सेना ने आमद के किले को घेर लिया। देवी के पास 'ज्वाला' नामक एक बहुत प्रसिद्ध तोप थी। ज्वाला के गोले विनाश बनकर आमद के किले पर आग बरसा रहे थे। अंत में देवी की सेना ने किला जीत लिया। विद्रोहियों का नेता सौभागसिंह चंद्रावत पकड़ लिया गया। देवी की आज्ञा से उसे तोप के मुँह पर बाँधकर उड़ा दिया गया। सारे विद्रोहियों ने हथियार डाल दिए। इस प्रकार देवी अहिल्या ने दृढ़तापूर्वक विद्रोह को कुचल दिया।

देवी अहिल्या की इस विजय के समाचार जब पूना पहुँचे तो वहाँ

श्रीमंत पेशवा ने विजयोत्सव मनाया। देवी के सम्मान में तोपें दागी गईं। पेशवा के दरबार के प्रसिद्ध राजनीतिज्ञ, कूटनीतिज्ञ और विद्वान् नाना फडणीस ने कहा, ''अब तक देवी अहिल्या की धार्मिकता की प्रशंसा तो हम सुनते आए हैं, मगर हम नहीं जानते थे कि वे इतनी बहादुर भी हैं कि राजपूतों के दाँत भी खट्टे कर सकती हैं। पूना का दरवाजा महेश्वर के नर्मदा तट पर है, यह हमें आज पता चल गया है।''

नाना फडणीस श्रीमंत पेशवा के 'थिंक टैंक' थे। तत्कालीन इतिहास को उन्होंने बहुत प्रभावित किया था। ऐसा महान् व्यक्तित्व देवी अहिल्या का प्रशंसक था, उनका बहुत सम्मान करता था। चंद्रावतों ने तीन बार विद्रोह किया। पहली बार सन् १७७१ में, दूसरी बार १७८३ में तथा अंतिम बार सन् १७८७ में। तीनों ही बार देवी ने विद्रोह को कुचल दिया। १७७१ में उन्होंने स्वयं युद्ध में भाग लिया। सन् १७८३ में सेना भेजकर उनका बंदोबस्त किया। सन् १७८७ में तीसरे युद्ध में उन्होंने वृद्धावस्था के बावजूद प्रत्यक्ष युद्धक्षेत्र में जाकर युद्ध का संचालन किया तथा कठोरतापूर्वक हमेशा के लिए विद्रोह को कुचल डाला। तीनों ही बार उनके सेनापति सेना के साथ दूर दक्षिण में थे। हर बार देवी को स्वयं के बल पर इन युद्धों को लड़ना पड़ा; मगर अपनी सामरिक सूझ-बूझ तथा चतुराई से उन्होंने राजपूतों जैसे प्रबल शत्रुओं को पराजित किया। उनकी इन विजयों से उनकी योग्यता, नीतिज्ञता तथा वीरता की ख्याति देश भर में फैल गई। □

: ११ :

अभूतपूर्व निर्माण

होलकर राजपरिवार की यह विशेषता रही है कि उनके द्वारा स्वयं के व्यक्तिगत और पारिवारिक खर्चों के लिए सरकारी दौलत का उपयोग नहीं किया जाता था। व्यक्तिगत खर्चों के लिए खासगी का पृथक् कोष होता था। होलकर राज्य के संस्थापक सूबेदार मल्हारराव होलकर द्वारा श्रीमंत पेशवा से निवेदन कर व्यक्तिगत खर्च के लिए कुछ खासगी (व्यक्तिगत) जागीरें अपनी धर्मपत्नी गौतमाबाई के नाम पर प्राप्त की थीं। इस खासगी दौलत की देखभाल का अधिकार प्रमुख रानी को हुआ करता था। जागीर से होनेवाली आय के अतिरिक्त रानी को भेंट में प्राप्त होनेवाली संपत्ति तथा उसका स्त्री धन आदि खासगी के कोष में जमा होते थे।

गौतमाबाई के देहावसान के पश्चात् खासगी की गद्दी अहिल्या को प्राप्त हुई थी। देवी के खासगी कोष में उस समय लगभग सोलह करोड़ रुपए जमा थे। मालेराव के निधन के पश्चात् देवी ने इस खासगी संपत्ति को पारमार्थिक कार्य के लिए व्यय करने का संकल्प किया था।

स्व. मल्हाररावजी के समय में ही देवी को अनेक तीर्थस्थलों की यात्रा करने का अवसर मिला था। तीर्थस्थानों पर जानेवाले यात्रियों को ठहरने और खाने-पीने की व्यवस्थाओं के लिए जो खर्च करना पड़ता था, वह निर्धन लोगों की शक्ति के बार होता था। इस बात का उन्हें ज्ञान

था। अधिकांश तीर्थस्थानों पर कम खर्च में निवास तथा भोजन की व्यवस्थाएँ उन दिनों उपलब्ध नहीं थीं। देश के अधिकांश क्षेत्र पर विधर्मियों का शासन होने से हिंदू तीर्थस्थानों तथा वहाँ स्थित मंदिरों एवं नदी के घाटों की बड़ी दुर्दशा थी। देवी ने अपनी खासगी की सपंत्ति को इन कार्यों के लिए खर्च करने का निश्चय किया था।

देश भर में नदियों पर घाट बनाने, विदेशी आक्रांताओं द्वारा खंडित किए गए मंदिरों का जीर्णोद्धार करने, धर्मशालाएँ बनवाने, कुएँ-बावड़ियाँ तथा तालाब खुदवाने और नए मंदिरों का निर्माण कराने के साथ स्थान-स्थान पर गरीबों एवं यात्रियों के लिए अन्न क्षेत्र प्रारंभ करने का भी उनका विचार था।

इसके लिए उन्होंने विभिन्न तीर्थस्थानों की यात्रा कर आए यात्रियों तथा साधु-संतों से विचार-विमर्श किया। इन स्थानों की समस्याओं और आवश्यकताओं को समझा तथा तदनुसार वहाँ निर्माण कार्यों की योजना बनाई। उन्होंने देश भर के राजाओं को पत्र लिखकर उन राज्यों के श्रेष्ठ शिल्पी तथा कारीगरों को बुलवाया और उन्हें इन निर्माण कार्यों के लिए नियुक्त किया। आसेतुहिमालय संपूर्ण भारत में अगणित तीर्थस्थानों पर देवी द्वारा निर्मित वास्तुशिल्प दृष्टिगोचर होते हैं। उत्तर में बदरीनारायण तथा केदारनाथ से लेकर दक्षिण में रामेश्वरम् तक और पूर्व में जगन्नाथपुरी से लेकर पश्चिम में द्वारका-सोमनाथ तक ऐसा कोई भी तीर्थक्षेत्र नहीं है जहाँ देवी अहिल्या द्वारा निर्मित वास्तुशिल्प दिखाई न देता हो।

देवी ने वास्तुशिल्पों का केवल निर्माण कर अपने कार्यों की इतिश्री नहीं समझ ली; बल्कि उन्होंने उसके रख-रखाव तथा व्यवस्थापन के लिए एक यंत्रणा भी स्थापित की। देवी इस बात को खूब समझती थीं कि यदि केवल वास्तु-निर्माण करके वह छोड़ देंगी तो थोड़े समय बाद उन वास्तुओं की भी वही स्थिति हो जाएगी जो उनके पूर्व के शासकों द्वारा निर्मित वास्तुओं की हुई है। इसलिए देवी ने अपने द्वारा निर्मित वास्तुओं के रख-रखाव तथा सेवाओं के संचालन के लिए सब स्थानों पर सुयोग्य व्यक्तियों को भी नियुक्त किया तथा उनकी आर्थिक आवश्यकताओं की

प्रतिपूर्ति के लिए भी स्थायी व्यवस्थाएँ निर्मित कर दीं। यही कारण है कि देवी के निधन के दो सौ वर्ष के बाद भी उनके द्वारा निर्मित वास्तु-शिल्प तथा चलाए जा रहे सेवा कार्य आज भी हमें प्रत्येक तीर्थस्थानों पर दृष्टिगोचर होते हैं, जो हमारी कल्पना से भी बाहर हैं।

उनके द्वारा निर्मित किए गए निर्माण कार्यों का स्तर तकनीकी दृष्टि से बहुत श्रेष्ठ, सुंदर, कलात्मक और भव्यतापूर्ण है। ये निर्माण भारतीय वास्तुकला के श्रेष्ठ उदाहरण हैं। मंदिरों के निर्माण के लिए उन्होंने उन स्थानों पर जमीनें क्रय कीं तथा उन्हें उन मंदिरों के नाम पर कर दिया। मंदिरों के लिए उन्होंने पुजारियों, कीर्तनकारों, प्रवचनकारों तथा धर्मज्ञ विद्वानों, व्यवस्थापकों की नियुक्तियाँ कीं और उन्हें राज्य की ओर से वेतन निर्धारित किया। उन्होंने इन मंदिरों के रख-रखाव के लिए वार्षिक अनुदान की भी व्यवस्था की।

देवी स्वयं परम शिवभक्त थीं, इसलिए उन्होंने अधिक संख्या में शिव मंदिरों का निर्माण कराया; मगर अन्य संप्रदायों की उपेक्षा नहीं की। उन्होंने अन्य देवताओं के मंदिरों का भी निर्माण तथा जीर्णोद्धार कराया। इतना ही नहीं, देवी द्वारा अन्य धर्मावलंबियों के धार्मिक स्थानों जैसे मसजिदों, दरगाहों आदि के लिए भी अनुदान दिए जाने के प्रमाण मिलते हैं।

औरंगजेब द्वारा सन १६६७ में गिराए गए काशी विश्वनाथ मंदिर का देवी ने सन् १७८५ में पुनः निर्माण कराया। उन्होंने ५१ फीट ऊँचा विशाल मंदिर बनाया। उन्होंने काशी में ही जगमोहन तथा दंडपाणि मंदिरों का निर्माण भी कराया। पुराने घाटों की मरम्मत और नए घाट तथा कुंड भी बनवाए। उन्होंने कलकत्ता से काशी तक पक्की सड़क का निर्माण भी किया। देवी ने मोहम्मद गजनवी द्वारा ध्वस्त किए गए सोमनाथ के मंदिर का भी भव्य पुनर्निर्माण किया।

प्राचीन सप्तपुरी, बारह ज्योतिर्लिंग और चारों धाम ये हिंदू धर्म के प्रमुख तीर्थस्थान माने जाते हैं। इन सभी स्थानों पर देवी ने तीर्थयात्रियों की स्नान-संध्या, पूजा-अर्चना तथा निवास-भोजन की समुचित व्यवस्था

कर सेवा का आदर्श उपस्थित किया। देवी के शासनकाल में निरंतर तीस वर्षों तक देश भर में स्थान-स्थान पर शिल्पी और कारीगर इन निर्माण कार्यों में जुटे रहे। देवी कहती थीं, ''ये होलकर टाँकी (छेनी) सतत चलती रहनी चाहिए। निर्माण के कार्य बंद नहीं होने चाहिए'', और वास्तव में देवी के छेनी-हथौड़े उनके कार्यालय में देश भर में सतत चलते रहे, जिसका ही परिणाम है कि आज भी देश भर में स्थान-स्थान पर उनके द्वारा निर्मित शिल्प दिखाई देते हैं।

बदरीनाथ, केदारनाथ और गंगोत्तरी जैसे दुर्गम स्थानों पर, जहाँ आज भी पहुँचना दुष्कर कार्य है, वहाँ आज से ढाई सौ वर्ष पूर्व क्या स्थिति होगी, हम सोच सकते हैं, मगर देवी के शब्दकोश में 'अशक्य' शब्द नहीं था। 'मेमॉयर्स ऑफ सेंट्रल इंडिया' नामक पुस्तक में सर माल्कम ने लिखा है कि उसका सहायक केप्टन डी.टी. स्टुअर्ट सन् १८१८ में अनेक कठिनाइयों से जूझते हुए केदारनाथ पहुँचा और यह देखकर दंग रह गया कि ऐसे दुर्गम स्थान पर भी उसे देवी अहिल्या द्वारा निर्मित धर्मशाला तथा कुंड मौजूद मिले। देवप्रयाग जैसे गिरितीर्थ पर भी उसे देवी द्वारा संचालित सदावर्त भलीभाँति कार्यरत दिखाई दिया था।

महेश्वर में उन्होंने नई राजधानी बसाई। महेश्वर में उनके द्वारा निर्मित नर्मदा घाट जैसे विशाल घाट संभवतया दुनिया में किसी भी नदी पर नहीं बने हैं। स्वयं को रहने के लिए बनाया गया उनका निवास ऐसे स्थान पर बना है, जहाँ से उन्हें नदी के घाटों पर चल रही धार्मिक गतिविधियाँ सहज ही दिखाई देती थीं। निवास के आँगन में बने तुलसी वृंदावन के पास खड़े रहने पर नर्मदा किनारे के संपूर्ण पवित्र परिसर का दर्शन होता था। उनके द्वारा निर्मित सिद्धनाथ का मंदिर तो सर माल्कम की दृष्टि में मध्य भारत का सर्वश्रेष्ठ मंदिर शिल्प है।

उन्होंने आलमपुर नामक स्थान, जहाँ पर उनके श्वसुर स्व. मल्हारराव होलकर का देहांत हुआ था, पर उनकी विशाल छतरी तथा हरिहरेश्वर का मंदिर का निर्माण कराया है। दोनों ही शिल्पकारी के श्रेष्ठ प्रतीक हैं। अपने जन्मस्थान चौंडी में भी उन्होंने मंदिर तथा नदी पर घाट बनवाए।

आज से ढाई वर्ष पूर्व देश में यातायात के साधन अत्यंत सीमित थे। एक स्थान से दूसरे स्थान पर जाने में बहुत समय लगता था। मार्ग में खतरे भी होते। सामग्री को लाना-ले जाना तो और भी कठिन था। इन कठिनाइयों के बावजूद देवी द्वारा देश भर में करवाए गए निर्माण कार्य अतुलनीय तथा आश्चर्यजनक प्रतीत होते हैं।

निर्माण कार्यों पर रखे जानेवाले कर्मचारियों तथा कारीगरों को वे परखकर ही नियुक्त करती थीं तथा उनके कार्य और हिसाब पर भी कड़ी निगरानी रखती थीं। फिजूलखर्ची, लापरवाही तथा भ्रष्टाचार उन्हें सहन नहीं होता था। ऐसे लोगों को वे काम पर से हटाने में तनिक भी विलंब नहीं करती थीं।

नासिक में चल रहे एक निर्माण कार्य से संबंधित व्यक्ति द्वारा कार्य में विलंब किए जाने तथा रुपयों में हेरा-फेरी करने की जानकारी मिलने पर उन्होंने तुरंत ही उसे काम से हटा दिया था। पंढरपुर में बने श्रीराम मंदिर के मजबूती के बारे में संदेह होने पर उन्होंने स्वयं के सामने उक्त मंदिर की छत पर हाथी चलवाकर उसकी मजबूती की परीक्षा करवाई तथा उसके बाद ही निर्माण का पैसा चुकाया।

पंढरपुर में प्रतिवर्ष आषाढ़ व कार्तिक एकादशी को देश भर से लोग पदयात्रा करते हुए भगवान् विट्ठल के दर्शन के लिए जाते हैं। उनकी सुविधा के लिए देवी ने पंढरपुर के आस-पास के जंगलों में खेती खरीदकर उनमें बावड़ियाँ खुदवाईं तथा खेत स्थानीय किसानों को वंश परंपरा के आधार पर जोतने के लिए देकर उन्हें पंढरपुर जानेवाले तीर्थयात्रियों को निःशुल्क झुणका भाकर (बेसन रोटी) खिलाने तथा पानी पिलाने का दायित्व सौंपा। देश में कई स्थानों पर देवी ने लोगों को जमीन व गाय-भैंसें उपलब्ध कराकर उन्हें यात्रियों को निःशुल्क दूध पिलाने का दायित्व भी सौंपा था। उन परिवारों के वंशज आज भी बड़े गौरव के साथ यह बात बताते हुए देवी के प्रति कृतज्ञता व्यक्त करते हैं।

ओंकारेश्वर तथा कई अन्य तीर्थस्थानों और मार्गों पर भी उन्होंने सुंदर कलात्मक एवं पक्की बावड़ियों का निर्माण कराया, जिनमें से कई

आज भी यात्रियों की प्यास बुझा रही हैं। बंगाल में कर्मनाशिनी नदी पर उन्होंने पुल भी बनवाया था। अपने निर्माण कार्यों से उन्होंने लोगों में तीर्थों के प्रति श्रद्धा-भाव जाग्रत् किया तथा लोगों को तीर्थाटन की प्रेरणा भी दी। देवी द्वारा देश भर में किए गए निर्माण कार्य को सूचीबद्ध कर पाना असंभव है। फिर भी उनके कुछ प्रमुख निर्माण कार्यों का उल्लेख परिशिष्ट में किया गया है।

□

:१२:

अनंत फंदी को प्रेरणा

देवी अहिल्या के समय में महाराष्ट्र में एक प्रसिद्ध शायर हुआ करता था, उसका पूरा नाम था अनंत फंदी घोलप। महाराष्ट्र के संगमनेर नगर का निवासी यह ब्राह्मण घुमक्कड़ कवि तथा सुस्वर गायक भी था। उसके गले में गजब की मिठास थी, उसकी गाने की शैली इतनी प्रभावी थी कि लोग उसके दीवाने हो जाते थे। जब वह एक हाथ में डफली लेकर गाने के लिए खड़ा होता, श्रोता मंत्रमुग्ध हो जाते थे। वह तमाशे में भी गाता था। उसके गाने की कीर्ति दूर-दूर तक फैली हुई थी।

यह घुमक्कड़ शायर देवी अहिल्या की कीर्ति सुनकर उनके दर्शन की आकांक्षा लिये अपने दल के साथ महेश्वर के लिए चल पड़ा। सतपुड़ा पर्वत-शृंखलाओं से गुजरते समय वनवासी भिल्लों ने उसके दल को लूट लिया तथा बाँधकर अपने मुखिया के पास ले गए। उसने मुखिया के समक्ष डफली की तान पर गीत सुनाकर मुखिया तथा उसके भिल्ल दल के साथियों को मंत्रमुग्ध कर दिया। मुखिया द्वारा पूछे जाने पर उसने बताया कि वह देवी अहिल्या के दर्शन करने तथा उनके समक्ष अपनी कला का प्रदर्शन करने के लिए महेश्वर जा रहा है। देवी का नाम सुनते ही अपने कृत्य पर मुखिया बहुत लज्जित हुआ।

उसने दुःखी स्वर में अनंत फंदी से कहा कि ''हमें नहीं पता था कि आप इतने बड़े शायर हैं तथा अपनी कला का प्रदर्शन करने देवी

अहिल्या के पास महेश्वर जा रहे हैं। इस कारण गलती से हमारे साथियों ने आपको लूट लिया है। यदि हमें आप यह बात पहले ही बता देते तो हमसे यह पाप नहीं हुआ होता। अब हम आपसे लूटी हुई वस्तुएँ आपको वापस लौटा रहे हैं। कृपा करके आप यह बात देवी को न बताएँ।'' इतना कहकर भिल्लों के मुखिया ने चार-पाँच भिल्लों को साथ करके उन्हें सुरक्षित महेश्वर तक पहुँचाने की व्यवस्था की।

महेश्वर पहुँचकर अनंत फंदी देवी के दरबार में उपस्थिति हुआ। सिर पर साफा, उसमें खोंसा हुआ तुर्रा, बड़ी-बड़ी मूँछें तथा कान में सोने के बुंदे पहने हुए अनंत फंदी ने देवी अहिल्या के चरणों में साष्टांग दंडवत् किया। उसके दल के स्त्री-पुरुष कलाकारों ने भी देवी के चरणों में शीश झुकाकर अदब के साथ दंडवत् किया। देवी को दंडवत् करने के उपरांत सब लोग देवी के समक्ष अदब के साथ खड़े हो गए। देवी के दर्शन पाकर वे मंत्रमुग्ध थे। उन्हें अपना जीवन धन्य महसूस हो रहा था।

देवी ने उनके अभिवादन के प्रत्युत्तर में कहा, ''शायर, आप तथा आपके दल के कलाकार महाराष्ट्र में तो लोकप्रिय हैं ही, हमारे यहाँ तक भी आपकी कीर्ति आ पहुँची है। आपको यहाँ देखकर हमें प्रसन्नता हो रही है। अब कुछ दिन हमारे नगर में रहकर हमारे प्रजाजनों को अपनी कला से परिचित कराइए।'' अनंत फंदी ने कहा, ''हम महाराष्ट्र से इतनी दूर केवल मातुश्री के दर्शनों के लिए तथा उनके समक्ष अपनी कला का प्रदर्शन कर उनका आशीर्वाद लेने आए हैं।'' देवी ने कहा, ''हमारे आशीर्वाद तथा ईश्वर की कृपा सदैव आप पर रहेगी।''

अनंत फंदी ने कहा, ''हम आपके आदेश के अनुसार यहाँ रहकर अपनी कला का प्रदर्शन करेंगे। हम आपकी कृपा के कारण ही आज आपके समक्ष जीवित खड़े हैं। यदि आपकी कृपा न होती तो यहाँ आते समय मार्ग में ही हमारी जीवन-लीला समाप्त हो गई होती।'' देवी ने उन्हें मार्ग में घटित हुई घटनाओं को विस्तार से सुनाने का आग्रह किया। अनंत फंदी ने उन्हें विस्तार से बताया कि किस प्रकार भिल्लों ने उन्हें लूटकार बलि देने का प्रयास किया था, मगर जब उन्होंने डफली पर

देवी अहिल्याबाई के जीवन-चरित्र का वर्णन करता गीत सुना तो भिल्लों के मुखिया ने उन्हें न केवल छोड़ दिया वरन् सुरक्षित रूप से महेश्वर तक पहुँचाया भी। उसने अपने दुष्कृत्य के लिए हमसे बार-बार क्षमा माँगी।

देवी ने अपने अधिकारियों को निर्देश दिए कि वे इस बात का पता लगाएँ कि उनके निर्देशों का उल्लंघन कर कैसे भिल्लों ने पुनः लूटपाट शुरू कर दी है। जब हमारे द्वारा उनकी रोजी-रोटी की व्यवस्था कर दी है तो फिर वे लूटपाट का कार्य क्यों कर रहे हैं। उन्हें चेतावनी दी जाए कि यदि हमें पुनः उनकी शिकायत मिली तो हमें उनका पारिपत्य करने को बाध्य होना पड़ेगा।

अनंत फंदी ने पुनः निवेदन किया कि "मातुश्री की कृपा से ही हमारी जानें बची हैं, अतः हमारी इच्छा है कि आपके आदेश के अनुरूप ही हम अपना भावी जीवन व्यतीत करें। हमारी यह भी अभिलाषा है कि हम मातुश्री के समक्ष अपनी कला का प्रदर्शन करें।" देवी ने उसका निवेदन स्वीकार किया।

दूसरे दिन देवी की उपस्थिति में महेश्वर के प्रजाजनों के समक्ष उसकी कला का प्रदर्शन हुआ। अनंत फंदी ने बहुत रस भरे स्वर में अपनी कला का प्रदर्शन किया। गीत, लावणी, तमाशा—सभी के द्वारा उसने लोगों का मन मोह लिया। देवी ने उसकी कला से प्रसन्न होकर उसको बहुमूल्य पुरस्कार देकर सम्मानित किया।

पुरस्कार पाकर अनंत फंदी बहुत प्रसन्न हुआ।

पुरस्कार देने के बाद देवी ने कहा, "फंदी, तुम ब्राह्मण हो तथा श्रेष्ठ कलाकार भी हो। ईश्वर ने तुम्हें मधुर स्वर और काव्य रचने-गाने की कला भी प्रदान की है। तुम अपनी कला का उपयोग लोगों के मनोरंजन के लिए कर रहे हो, यह भी अच्छी बात है। मगर तुम्हें इससे ऊपर उठकर भी सोचना चाहिए। ईश्वर-प्रदत्त इस कला का उपयोग तुम केवल इश्क-मुहब्बत के गीत गाकर करो, यह ठीक नहीं है। तुम्हारी इस कला का इससे अधिक योग्य उपयोग होना चाहिए।

“तुम सारे देश में घूमते हो, इसलिए देश की स्थिति से अवगत हो। अत: केवल इश्क-मुहब्बत के गीत गाकर लोगों का मनोरंजन करने के बजाय तुम्हें अपनी कला का उपयोग लोक-जागृति के लिए भी करना चाहिए। यदि तुम ईश्वर-भक्ति के अच्छे गीत तैयार करोगे और लोगों में ईश्वरभक्ति तथा देश-धर्म का अभिमान जाग्रत् करने का प्रयास करोगे तो तुम अपनी कला के प्रति अधिक न्याय कर सकोगे। इसलिए खेल-तमाशा-शायरी के बजाय कीर्तनकार बनकर तुम्हें लोक-जागरण के कार्य में लगना चाहिए।

“डफली के बजाय इकतारा और झाल-मजीरे हाथ में लेकर ज्ञानेश्वर-तुकाराम के अभंग गाते हुए समाज को सन्मार्ग पर चलने की प्रेरणा देना तुम्हारी कला का अधिक अच्छा उपयोग हो सकेगा, ऐसा हमारा विचार है। यदि इस कार्य को तुम हाथ में ले सको तो तुम्हारे परिवार के भरण-पोषण की जिम्मेदारी हम उठाने को तैयार हैं। यदि तुम ऐसा करोगे तो हमें अपार प्रसन्नता होगी।”

देवी के उक्त उद्‌गार सुनकर अनंत फंदी उनके समक्ष नतमस्तक हो गया। उसने कहा, “मातुश्री, हम इतने वर्षों से देश भर में अपनी कला का प्रदर्शन कर रहे हैं। अनेक राजदरबारों में हमने अपनी कला का प्रदर्शन कर पुरस्कार पाए हैं। मगर आप जैसा कला का पारखी हमें दूसरा नहीं मिला। आपने हमारी आँखें खोल दी हैं। मातुश्री आज्ञा को मानकर आज ही से मैं अपना जीवन कीर्तनकार के रूप में ईश्वरभक्ति तथा देशभक्ति के संदेश का प्रचार करते हुए लोक-जागृति के कार्य में व्यतीत करूँगा।”

इतना कहकर अनंत फंदी ने अपनी डफली को चाकू से फाड़ दिया। इसके बाद उसने अपना सारा जीवन कीर्तनकार बनकर लोगों को सन्मार्ग पर चलने तथा ईश्वरभक्ति करने का संदेश देते हुए व्यतीत किया। इस प्रकार देवी की प्रेरणा से अनंत फंदी जैसे कलाकार के जीवन की दिशा बदल गई।

□

: १३ :

नवासे नथ्याबा का निधन

देवी अहिल्याबाई की बेटी मुक्ताबाई ने सन् १९६७ में एक पुत्र को जन्म दिया था। उसका नाम नथ्याबा रखा गया। अपने नवासे के जन्म से देवी अहिल्या बहुत प्रसन्न थीं। पुत्र मालेराव के निस्संतान दिवंगत हो जाने के कारण देवी के वंश में कोई वारिस नहीं था। ऐसी स्थिति में बेटी द्वारा पुत्र को जन्म दिए जाने से उन्हें प्रसन्नता होना स्वाभाविक था। कहा जाता है कि मनुष्य को मूल से ज्यादा सूद प्रिय होता है, इसीलिए उसे स्वयं के बच्चों की तुलना में नाती-पोते अधिक प्रिय होते हैं। देवी अहिल्या के वंश में तो नथ्याबा अकेली संतान था। स्वाभाविक रूप से वह देवी की आँख का तारा बन गया था। देवी उसे अकसर अपने साथ ही रखती थीं। स्नेह से वह उसका लालन-पालन करतीं तथा उसपर अच्छे संस्कार डालने का प्रयास करतीं। उनके मन में उसे अपने राज्य का उत्तराधिकारी बनाने की प्रबल इच्छा थी।

नथ्याबा जन्म से ही बहुत दुर्बल था। वह अकसर बीमार रहता। देवी ने उसके स्वास्थ्य को ठीक करने तथा उसे तंदुरुस्त बनाने के लिए बहुत प्रयास किए, मगर उसका स्वास्थ्य बहुत अच्छा नहीं हो सका। इक्कीस वर्ष की आयु में नथ्याबा क्षय रोग से ग्रसित हो गया। लगातार दो वर्ष तक वह ज्वर तथा खाँसी से परेशान रहा। उसका शरीर अस्थि-पंजर बनकर रह गया था। अनेक वैद्यों तथा हकीमों का इलाज करवाया

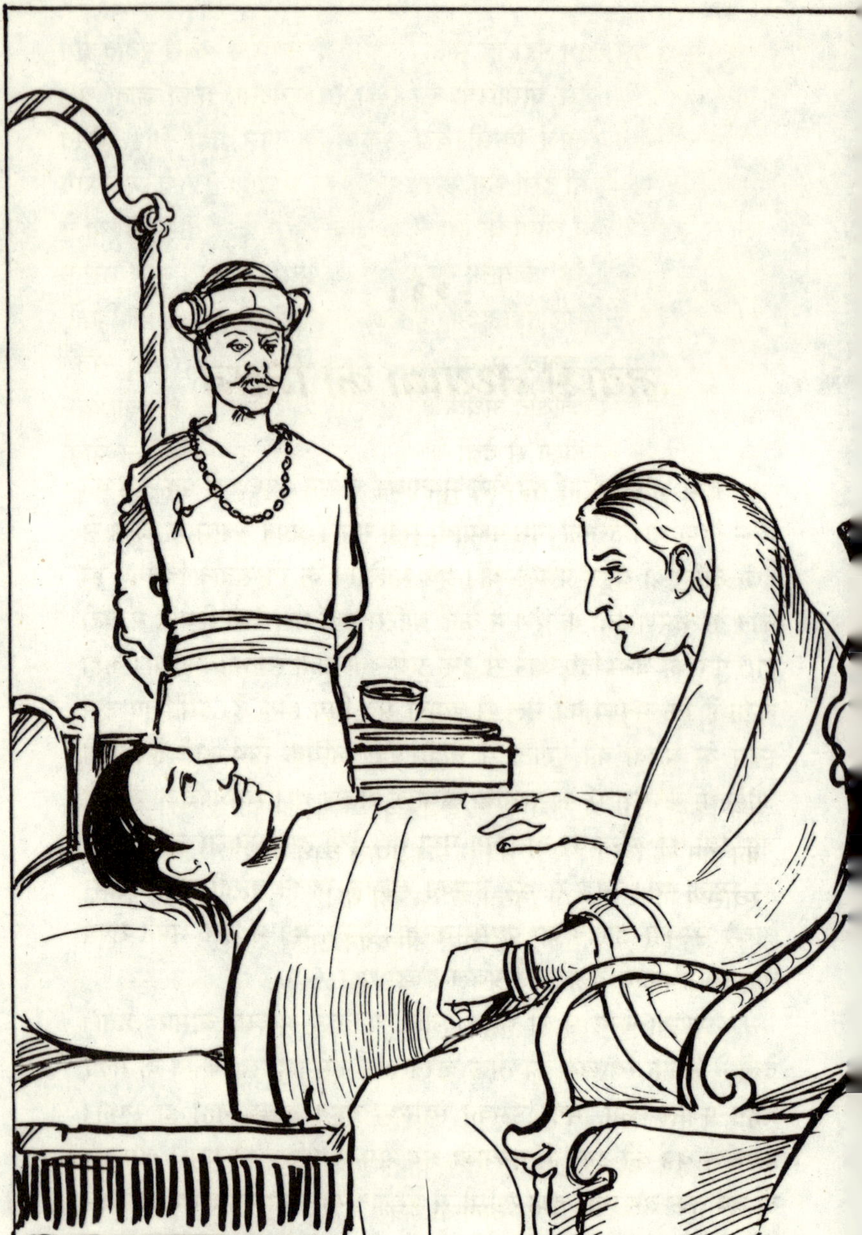

गया, मगर उसे लाभ नहीं हो सका। उन दिनों क्षय रोग सबसे दुर्दांत रोग माना जाता था। उसे बीमारियों का राजा, 'राजयक्ष्मा' कहा जाता था। उसका माकूल इलाज किसी वैद्य-हकीम के पास नहीं था। श्रीमंत माधवराव पेशवा भी इसी रोग से ग्रसित होकर दिवंगत हुए थे। इस रोग का नाम सुनकर ही लोगों के होश उड़ जाया करते थे। देवी अहिल्या ने जितना भी संभव था, नथ्याबा के इलाज का प्रयास किया, मगर उसके स्वास्थ्य में कोई सुधार नहीं हुआ। उसकी बीमारी बढ़ती ही गई। तांत्रिकों, वैद्यों, हकीमों के इलाज से नहीं तो कम-से-कम गरीबों, साधु-संतों, देव, ब्राह्मणों के आशीर्वाद अथवा शुभकामनाओं से नथ्याबा को स्वास्थ्य-लाभ हो, इस आकांक्षा से देवी ने बहुत दान-धर्म किया; मगर नथ्याबा के स्वास्थ्य में सुधार नहीं हो रहा था। पुत्र के निधन के बाद देवी की आशा का केंद्र उनका इकलौता नवासा नथ्याबा ही रह गया था। उनके बाद उनके राज्य की बागडोर वही सँभालेगा, इसी आशा से देवी नथ्याबा के शीघ्र स्वास्थ्य-लाभ के लिए दिन-रात एक कर रही थीं।

कभी ईश्वर को मनाने के लिए वह व्रत वैकल्य तथा उपवास करतीं, कभी ईश्वर नाम का जाप करतीं तो कभी ईश्वर को मन्नत माँगतीं। जिसने भी, जो भी उपाय बताया, देवी ने अपने नवासे के स्वास्थ्य-लाभ के लिए वह किया। देवी ने नथ्याबा के वजन के बराबर अनाज, रुपए तथा स्वर्ण का दान भी किया। मगर उनके सब प्रयास व्यर्थ जा रहे थे। नथ्याबा का स्वास्थ्य दिन-प्रतिदिन गिरता ही जा रहा था।

महेश्वर के मंदिरों में जाप, अनुष्ठान आदि चल रहे थे। देवी के साथ उनके प्रजाजन भी देवी के नवासे के स्वास्थ्य के लिए ईश्वर को मना रहे थे। मंदिरों में महामृत्युंजय का जाप भी किया जा रहा था। मगर सबकुछ व्यर्थ गया। १५ नवंबर, १७९० को देवी का नवासा नथ्याबा केवल तेईस वर्ष की अल्पायु में इहलोग छोड़कर चला गया।

उसके पीछे वृद्ध नानी देवी अहिल्या, उसके माता-पिता मुक्ताबाई तथा यशवंतराव फणसे के अलावा सत्रह व दस वर्ष आयु की उसकी दो पत्नियाँ भी थीं। दोनों पत्नियाँ उसके साथ सती हो गईं। □

: १४ :

सती मुक्ताबाई

अपने इकलौते पुत्र के असामयिक निधन से देवी अहिल्याबाई के जामाता यशवंतराव फणसे तथा बेटी मुक्ताबाई दोनों पर ही दुःख का पहाड़ टूट पड़ा। दोनों की ही स्थिति चिंताजनक हो गई। यशवंतराव फणसे की मनःस्थिति तो इतनी खराब हो गई कि उनका सुख-चैन ही समाप्त हो गया। वे दिन-रात दुःखी रहने लगे। दुःख के कारण उनका स्वास्थ्य भी बिगड़ने लगा। बहुत इलाज कराया, मगर उन्हें लाभ नहीं हो सका। एक वर्ष के भीतर ही ३ नवंबर, १७९१ को अचानक हैजे से यशवंत राव फणसे का भी निधन हो गया। देवी की इकलौती पुत्री मुक्ताबाई विधवा हो गई। सारे महेश्वर में शोक छा गया। देवी के दुःख की भी सीमा नहीं थी। उनके आँसू रुक नहीं रहे थे। छियासठ वर्ष की आयु में उनके जीवन का अंतिम आधार भी टूट गया था। अचानक देवी की बेटी ने पति के साथ सहगमन कर सती होने का निश्चय उन्हें बताया। यह सुनकर देवी पूरी तरह टूट गईं। उनके जीवन का आधार अब केवल मुक्ताबाई ही बची थी। उसके सती होने के बाद देवी का पूरा वंश समाप्त होनेवाला था। सभी मोहपाश समाप्त हो गए थे। माँ, बाप, सास, ससुर, पति, पुत्र, भाई, बहुएँ, नाती, नाती की पत्नियाँ और अब दामाद तथा पुत्री भी उन्हें छोड़कर जा रहे थे।

देवी ने बेटी को बहुत समझाया कि वह उनकी वृद्धावस्था का

विचार कर सती होने का अपना निश्चय त्याग दे। मगर उनका आग्रह व्यर्थ गया। मुक्ताबाई अपने संकल्प पर दृढ़ रही। उसने माता से कहा, ''माँ, अब हमारे परिवार में केवल हम दोनों ही शेष बचे हैं। मेरे बाद तुम्हें और तुम्हारे बाद मेरा भी कोई नहीं है। तुमने भी पिताजी के निधन के समय सती होने का निश्चय किया था, मगर दादाजी के निवेदन पर उनकी तथा उनके बाद राज्य की देखभाल के लिए अपना निश्चय त्याग दिया था। तुम्हारे पास जीने का उद्देश्य मौजूद था। मेरे पास जीवन का कोई उद्देश्य अब नहीं बचा है। जहाँ तक तुम्हारी देखभाल का प्रश्न है, तुम्हारी देखभाल करने के लिए और भी लोग हैं, और तुम्हारा जीवन भी अब बहुत नहीं बचा है; मगर यदि मैं आज सती नहीं हुई तो तुम्हारे बाद मेरा उद्देश्य-हीन जीवन काटना मेरे लिए कठिन हो जाएगा। इसलिए बेहतर यही होगा कि मैं आज पति के साथ सती हो जाऊँ।''

देवी के पास मुक्ताबाई के इस तर्क का कोई जवाब नहीं था। मुक्ताबाई अपने निश्चय पर दृढ़ थी। उधर यशवंतराव की अरथी सजाई जा रही थी, और इधर मुक्ताबाई का सती के रूप में श्रृंगार किया जा रहा था। यशवंतराव की अंतिम यात्रा का दृश्य बड़ा करुण था। उनके संबंधी, राजकीय अधिकारी तथा हजारों नागरिक साथ चल रहे थे। अरथी के पीछे मुक्ताबाई तथा यशवंतराव की अन्य दो पत्नियाँ सती होने के लिए चल रही थीं। मुक्ताबाई के मुख पर अभूतपूर्व तेज था। वह हाथ जोड़े अरथी के पीछे चल रही थी। उसके पीछे उसकी दु:खियारी माता देवी अहिल्या दासियों का आधार ले धीरे-धीरे चल रही थी। उनके पीछे था सती माता की जय-जयकार करता लोगों का विशाल सागर।

नर्मदा के तट पर यशवंतराव फणसे की चिता रची गई। उनके शव को चिता पर रखा गया। पति के मस्तक को गोद में लेकर मुक्ताबाई चंदन की चिता पर बैठ गई। उसके साथ यशवंतराव की अन्य दो पत्नियाँ भी बैठीं। मुक्ताबाई का चेहरा दैवी तेज से चमक रहा था। मंत्रोच्चार तथा

वाद्यों की तेज ध्वनि के बीच चिता प्रज्वलित की गई। शंख, घड़ियाल तथा ढोल-ढमाकों की ध्वनि तथा सती माता की जय-जयकार से वातावरण पवित्र हो गया था। चिता की ज्वालाएँ उठने लगीं और उसने सती मुक्ताबाई को अपने में समा लिया। मातुश्री देवी अहिल्या से यह दृश्य देखा नहीं गया। वे मूर्च्छित होकर गिर पड़ीं।

□

: १५ :

अवसाद के क्षण

बेटी मुक्ताबाई के सती हो जाने के पश्चात् मातुश्री देवी अहिल्या के शोक की कोई सीमा ही नहीं रही थी। अपरिमित शोक के सागर में डूबकर उन्होंने स्वयं को अपने महल की चारदीवारी में बंद कर लिया था। एक के बाद एक नवासे नथ्याबा, दामाद यशवंतराव तथा बेटी मुक्ताबाई के द्वारा इहलोक छोड़े जाने के कारण अब बेटी की ओर से भी उनके वंश में कोई शेष नहीं रहा था। इस दारुण दुःख के कारण वे पूरी तरह से टूट गई थीं। सांसारिक रिश्ते-नातों के सारे बंधन एक के बाद एक टूटकर खत्म हो चुके थे। इसे नियति की क्रूर विडंबना ही कहना होगा कि जिस देवी ने अपने जीवन के दीप को तिल-तिलकर जलाकर देश की कोटि-कोटि जनता को सुख-समृद्धि का प्रकाश दिया, जिसने अपनी प्रजा के केवल इहलौकिक ही नहीं, वरन् पारलौकिक सुखों के मार्ग को भी प्रशस्त किया; जिस देवी ने अपना सारा जीवन संन्यस्त वृत्ति से बिताते हुए सांसारिक मोह-माया से दूर रहकर कर्मयोगिनी की भाँति अपने कर्तव्यों का पालन किया, जिसने अपने जीवन का प्रत्येक क्षण ईश्वर का नाम स्मरण करते हुए धर्म-आचरण में व्यतीत किया, उसी पुण्य श्लोका देवी अहिल्या पर नियति एक के बाद एक क्रूर प्रहार करती जा रही थी, जिसका यह परिणाम था कि उनके परिवार का प्रत्येक सदस्य उनकी आँखों के सामने ही इहलोक त्यागकर इस

नश्वर संसार में अपने कर्तव्य-पालन के लिए उन्हें अकेला छोड़कर चला गया था। देवी के स्थान पर यदि किसी अन्य व्यक्ति को इतने दु:खों का सामना करना पड़ा होता तो उसका जीवन भी कभी का खत्म हो चुका होता; मगर वह देवी अहिल्या ही थीं जो नियति के इतने कठोर प्रहार झेलकर भी स्थितिप्रज्ञ की भाँति अपने कर्तव्य-पथ पर निरंतर चल रही थीं। धर्मराज युधिष्ठिर की भाँति, जो मोक्ष मार्ग पर चलते समय अपने समस्त प्रियजनों के छोड़कर चले जाने पर भी बगैर पीछे मुड़े निरंतर आगे बढ़ते गए थे, देवी अहिल्या भी निर्विकार भाव से अपने जीवन के कर्तव्य-पथ पर निरंतर आगे बढ़ती जा रही थीं।

मगर नियति के इस अंतिम प्रहार ने देवी के मन को उद्विग्न कर दिया था। उन्हें अपना संपूर्ण जीवन निस्सार प्रतीत होने लगा था। उनका मन अब स्वयं के जीवन की सार्थकता पर ही प्रश्न-चिह्न लगा रहा था। वे समझ नहीं पा रही थीं कि इतना आदर्श जीवन व्यतीत करने के बाद भी, तिल मात्र भी पापाचरण न किए जाने के बावजूद, किस अपराध के लिए उन्हें नियति के इस कठोर दंड का भागी बनना पड़ा है ? और यदि कोई भी गलत कार्य न किए जाने पर भी, जीवन भर अपने समस्त कार्यों को धर्म-अधर्म की तुला में तौलकर धर्मसम्मत आचरण करने पर भी यदि जीवन के अंत में यह दु:खद अनुभूति प्राप्त हो तो फिर इस जीवन की सार्थकता आखिर क्या है ? क्यों ऐसा जीवन जिया जाए ? यह विचार बार-बार उनके मन को व्यथित कर रहा था। जीवन की निस्सारता ने उनके मन में जीने की आकांक्षा को खत्म कर दिया था। मन में चल रहे इसी ऊहापोह के कारण उन्होंने स्वयं को संसार से विमुख हो अपने महल की चारदीवारी में बंद कर लिया था।

अवसाद के इन क्षणों में मातुश्री देवी अहिल्या अपने संपूर्ण जीवन-पट को स्मरण करते हुए मन-ही-मन अपने आचरण की समीक्षा भी कर रही थीं। उन्हें अपने लंबे जीवन में एक भी ऐसा प्रसंग स्मरण नहीं हो रहा था जब उनके द्वारा कोई अधर्मपूर्ण आचरण हुआ हो। वे समझ नहीं पा रही थीं कि इतना सब करने पर भी ईश्वर ने किस अपराध के

लिए उन्हें इतना कठोर दंड दिया है। उनके मन में विचार आया कि पति के निधन के बाद परंपरा के अनुरूप सती न होकर उन्होंने कहीं भूल तो नहीं की है? श्वसुर के आग्रह पर राज्य तथा प्रजा की देखभाल के लिए सती न होकर कहीं उन्होंने स्वयं अपने पैरों पर कुल्हाड़ी तो नहीं मार ली? मगर फिर उन्होंने सोचा, पति के निधन के बाद सती न होनेवाली वे पहली स्त्री तो नहीं हैं। उनके पहले भी इतिहास में अनेक ऐसी स्त्रियाँ हुई हैं जिन्होंने अपने लौकिक कर्तव्यों को पूर्ण करने के लिए पति के साथ सहगमन नहीं किया था। मगर समाज ने उनके सतीत्व पर कभी भी उँगली नहीं उठाई थी। उन्हें ध्यान आया कि भारतीय समाज में सती प्रथा पौराणिक तथा प्रागैतिहासिक काल में अपवादस्वरूप ही प्रचलित थी। उसने परंपरा अथवा रूढ़ि का स्वरूप प्राप्त नहीं किया था। महाभारत काल में महाराज पांडु के निधन के बाद उनकी एक पत्नी माद्री उनके साथ सती हुई थीं, मगर दूसरी पत्नी कुंती उनके पुत्रों के लालन-पालन के अपने लौकिक कर्तव्य को पूर्ण करने के लिए पीछे रह गई थीं; मगर समाज में उसका स्थान सती माद्री से कभी कम नहीं आँका गया था, क्योंकि प्राचीन भारत में पति के साथ सहगमन कर सती होना परिस्थितियों तथा स्त्री के विवेक पर निर्भर था, किसी रूढ़ि अथवा सामाजिक दबाव के कारण नहीं। इसलिए परिस्थितियों के कारण पति के साथ सहगमन नहीं कर उन्होंने कोई पाप नहीं किया था। फिर वह कौन सा पाप है जिसका दंड वे भोग रही हैं? वे सोच रही थीं। उनके मन को यह विचार भी व्यथित कर रहा था कि उनकी आँखों के सामने उन्हीं के परिवार की अनेक स्त्रियाँ इस क्रूर रूढ़ि के कारण अपने पतियों की चिता पर जलकर सती हो गई थीं, मगर सामाजिक परंपरा के कारण वे चाहकर भी उन्हें नहीं रोक सकी थीं। इन सती हो गई स्त्रियों में कई ऐसी अबोध बालिकाएँ भी थीं, जिनका वैवाहिक जीवन अभी प्रारंभ भी नहीं हुआ था। उनके जीवन-कमल खिलने के पूर्व ही पति निधन के कारण इस क्रूर रूढ़ि की बलि चढ़ गए थे। अवसाद के इन क्षणों में उनके मानस-पटल पर बार-बार उन बालिकाओं के चित्र उभरकर उनके

मन की व्यथा को बढ़ा रहे थे। यह विचार उनके मन को व्याकुल कर रहा था कि धर्म के नाम पर इस रूढ़ि को प्राप्त व्यापक जन-समर्थन के कारण वे चाहकर भी उन बालिकाओं के प्राण नहीं बचा सकी थीं।

देवी अहिल्या सोच रही थीं कि वे क्या कारण रहे होंगे जिन्होंने समाज में इस क्रूर रूढ़ि को जन्म दिया होगा। संभवत: मध्यकाल में देश पर हुए अनेकों विदेशी आक्रमणों के दौरान युद्ध में मारे जानेवाले योद्धाओं के घरों में विधर्मी विजेताओं द्वारा की जानेवाली लूटपाट तथा उनकी स्त्रियों पर किए जानेवाले अत्याचारों से बचने के लिए यह प्रथा प्रारंभ हुई हो। राजपूताना में केसरिया बाना पहनकर युद्ध मैदान पर जानेवाले राजपूत वीरों की स्त्रियाँ भी तो इसी कारण पति के युद्ध पर जाने के पूर्व ही जौहर कर अपनी इहलीला समाप्त कर लेती थीं। उनके इस कृत्य से जहाँ उनके पतियों के मन में सांसारिक विरक्ति जन्म ले लेती थी, वहीं उनके पश्चात् उनकी स्त्रियों पर अत्याचार की आशंका भी समाप्त हो जाती थी। हो सकता है, प्रारंभ में सती प्रथा भी जौहर का ही एक रूप रहा हो, जो आगे चलकर सामाजिक रूढ़ि में परिवर्तित हो गया हो। इस रूढ़ि ने आगे चलकर इतना विकराल रूप धारण कर लिया कि राज परिवार तथा सैनिकों की स्त्रियों के साथ सामान्य जनों तथा व्यापारियों तक की स्त्रियों को बलपूर्वक सती होने के लिए भेजा जाने लगा। इस जबरदस्ती के पीछे उस स्त्री के भाई-बंदों, रिश्तेदारों के आर्थिक स्वार्थ भी हुआ करते थे। स्त्री के पति के साथ सती हो जाने पर उसकी संपत्ति पर उसके रिश्तेदारों का अधिकार हो जाता था। यदि कोई स्त्री सती हो जाने से बच जाती थी तो भी समाज द्वारा उसको सांपत्तिक अधिकारों से वंचित रखा जाता था। यदि उसे पुत्र न होता था तो वह राज्य की अनुमति के बगैर दत्तक भी नहीं ले सकती थी। उसकी संपत्ति या तो उसके रिश्तेदार हड़प जाते थे या फिर वह राजसात हो जाती थी।

देवी अहिल्या को इस बात का संतोष था कि उनके शासनकाल में, उनके राज्य में कभी भी किसी स्त्री को उसकी इच्छा के विपरीत बलपूर्वक सती हो जाने के लिए बाध्य नहीं होना पड़ा था। इतना ही नहीं, राज्य का

शासन अपने हाथ में लेने के उपरांत देवी ने विधवा स्त्रियों के अधिकारों को पूर्णा संरक्षण भी दिया था। उन्होंने आदेश जारी कर पति के निधन के बाद उसकी संपत्ति पर पत्नी को संपूर्ण अधिकार प्रदान किए थे। निस्संतान विधवा को राज्य के हस्तक्षेप के बिना स्वेच्छा से दत्तक लेने का अधिकार भी उन्होंने उपलब्ध कराया था। उनके इन कदमों से समाज में स्त्रियों की स्थिति में व्यापक सुधार हुआ तथा सती प्रथा में अत्यधिक कमी आई।

अवसाद के क्षणों में अपने जीवन-पट पर नजर दौड़ाते समय देवी अहिल्या को इस बात की संतुष्टि हुई कि सती प्रथा की इस रूढ़ि को भले ही कानूनी रूप से समाप्त करना उनके लिए संभव नहीं हुआ हो, मगर स्त्रियों को उनके अधिकार दिलाकर तथा उनको आर्थिक तथा सामाजिक दृष्टि से सशक्त बनाकर उन्होंने उनके राज्य से सती प्रथा की रूढ़ि को समाप्त करने में लगभग पूर्ण सफलता प्राप्त कर ली थी।

इस निष्कर्ष पर पहुँचते ही उनका अवसाद कम हो गया। उन्होंने सोचा, सुख-दुःख सब प्रारब्ध के अधीन है। उसकी अधिक चिंता करना उचित नहीं। ईश्वर ने अब मुझे समस्त मोहपाशों से मुक्त कर दिया है। अब मेरा शेष जीवन पूरी तरह से प्रजा के लिए ही है। अपने दुःखों को भुलाकर प्रजा के दुःख-दर्द मिटाने के लिए कार्य करना, यही अब मेरे जीवन का उद्देश्य है। अब मेरा जीवन अधिक नहीं है। मगर करने के लिए कार्य बहुत हैं। इसलिए अपने दुःख को भुलाकर राजकाज में पुनः ध्यान देने का उन्होंने निश्चय कर लिया।

□

: १६ :

महाप्रयाण

दामाद यशवंतराव फणसे के देहांत के पश्चात् उनके आग्रह को नजरअंदाज कर बेटी मुक्ताबाई के सती होने के बाद से देवी अहिल्याबाई के दुःखों के सारे घाव जैसे फिर से हरे हो गए थे। जीने का कोई उद्देश्य अब उनके जीवन में शेष नहीं रहा था। एक के बाद एक बिछुड़ गए सारे परिजनों की याद उन्हें दुःखी कर रही थी। उनका दुःख लोगों से देखा नहीं जाता था। लोग तरह-तरह से उन्हें सांत्वना देने का प्रयास करते। उनके मन को शांति मिले, इस हेतु प्रयत्न करते; मगर सब व्यर्थ हो रहा था। उनका खाना-पीना कम हो गया और दिन-प्रतिदिन उनका शरीर कमजोर होने लगा। मगर राज्य के प्रति कर्तव्य की भावना उन्हें अभी भी कार्यशील बनाए हुए थी। अपने राज्य की प्रजा के कल्याण के लिए कार्य करने का जो संकल्प उन्होंने लिया था, उसके लिए अपने श्वसुर स्व. मल्हारराव होलकर को उनके पश्चात् राज्य के प्रबंधन का जो वादा उन्होंने किया था, उसे मरते दम तक निभाने के लिए वे निरंतर सक्रिय बनी हुई थीं। मगर अपने जीते-जी उन्हें अपने बाद राज्य की संभावित दुरवस्था का भी आभास हो रहा था, जिसकी कल्पना मात्र से उनका दुःख और भी बढ़ जाता था।

मालेराव के देहांत के बाद दीवान गंगाधर चंद्रचूड की दी गई दत्तक लेने की सलाह को नामंजूर कर उन्होंने राज्य का प्रबंधन स्वयं

अपने हाथ में ले लिया था। श्रीमंत पेशवा से निवेदन कर उन्होंने मालवा में सूबेदारी के अधिकार-पत्र सेनापति तुकोजीराव होलकर को दिलवा दिए थे। मगर उनके और तुकोजीराव के बीच यह स्पष्ट रूप से तय हो गया था कि राज्य का शासन-प्रबंध देवी के जीते-जी उन्हीं के हाथ में रहेगा। तुकोजीराव सैन्य अभियानों का दायित्व निभाते रहेंगे। तुकोजीराव स्व. मल्हारराव के सगे-संबंधियों में से थे और उनके विश्वासपात्र थे। वे बड़े साहसी और बलवान् थे। उन्होंने मल्हारराव के साथ अनेक युद्धों में भाग लिया था। तुकोजीराव अहिल्याबाई पर बड़ी श्रद्धा रखते थे तथा उम्र में देवी से बड़े होने पर भी सदा उन्हें 'मातुश्री' कहकर ही संबोधित करते थे। देवी भी उन्हें पुत्रवत् स्नेह करती थीं। तुकोजीराव बहादुर भले ही हों, मगर राजनीति में बहुत अपरिपक्व थे। वे कान के भी कच्चे थे। इसलिए सलाहकारों की बातों में आकर अकसर ऐसे कार्य पर बैठते थे जिनके लिए उन्हें देवी की फटकार सहनी पड़ती थी। अनेक विघ्न संतोषी उनमें और मातुश्री में मतभेद पैदा करने में लगे रहते थे, जिसके कारण कई बार उनके संबंधों में बहुत कटुता आ जाती थी।

तुकोजीराव के दोनों पुत्र—काशीराव तथा मल्हारराव—भी अयोग्य थे तथा सत्ता के लिए आपस में लड़ रहे थे। ऐसी स्थिति में देवी के बाद राज्य का शासन योग्यतापूर्वक चला सकनेवाला व्यक्ति उन्हें नजर नहीं आता था, इसलिए भी देवी चिंतित और दुःखी रहती थीं। राज्य के भविष्य की चिंता और स्वयं का दुःख दोनों ने मिलकर देवी अहिल्या के स्वास्थ्य को और भी गिरा दिया था। असह्य दुःख और कठोर कर्तव्य-साधना के श्रमों ने उनके शरीर को कमजोर कर दिया था। उनकी उम्र भी पक गई थी। आखिर शरीर भला कब तक साथ देता। वे बीमार रहने लगीं। जीवन का आकर्षण अब रहा नहीं था। इसलिए वैद्यों द्वारा दी जानेवाली ओषधियाँ भी वे कभी लेतीं तो कभी नहीं। इस कारण उनका स्वास्थ्य कभी सुधरता तो कभी फिर बिगड़ जाता। इसके पहले उन्हें कभी कोई बड़ी बीमारी नहीं हुई थी। मगर वृद्धावस्था अपने आपमें एक बीमारी होती है। उनका शरीर वृद्धावस्था के कारण निरंतर कमजोर होता

जा रहा था।

वर्ष १७९५ में सत्तर वर्ष की आयु में भी देवी अपने कर्तव्यों और दायित्वों का निष्ठा के साथ पालन कर रही थीं। पिछले कुछ दिनों से वे बीमार चल रही थीं। अब उन्हें यह आभास हो गया था कि उनका अंतिम समय पास आ गया है। सावन का महीना चल रहा था। देवी ने बारह हजार ब्राह्मणों के भोजन का संकल्प किया। मंदिरों में पूजा-पाठ तथा अनुष्ठान चल रहे थे। उनका अंतिम समय पास आता जा रहा है। वैद्य और हकीम अपने प्रयास कर रहे थे; मगर देवी अपने प्रस्थान की तैयारी में थीं। देवी ने ब्राह्मणों तथा गरीबों को बुलाकर बहुत दान-धर्म किया। १३ अगस्त, १७९५ को सावन वद्य चतुर्दशी के दिन देवी सवेरे से केवल गंगाजल ले रही थीं। उन्होंने ब्राह्मणों को बुलाकर मोक्ष-धेनु का दान किया। शंभु महादेव का नाम स्मरण करते हुए योगियों की भाँति शांत चित्त से पवित्र नर्मदा नदी के किनारे महेश्वर के अपने महल में लोकमाता देवी अहिल्या अपने पीछे अपने लाखों प्रजाजनों को रोता-बिलखता छोड़ दिव्य ज्योति में विलीन हो गईं।

उनके स्वर्गवास का समाचार सारे देश में फैल गया। देवी के अंतिम दर्शनों के लिए लोगों की अपार भीड़ महेश्वर में उमड़ आई थी। प्रजाजनों के दुःखों की जैसे सीमा ही नहीं रही थी। आँखों में आँसू बहाते हुए प्रजाजन उनकी अंतिम यात्रा की तैयारी कर रहे थे। महेश्वर में नर्मदा तट पर उनकी अंत्येष्टि की गई। बाद में उस स्थान पर उनकी विशाल छतरी बनाई गई।

□

: १७ :

देवी अहिल्या की शासन व्यवस्था

प्रजा सुखे सुखं राज्ञः प्रजानाश्च हिते हितम्।
नात्मप्रियं सुखं राज्ञः प्रजानाश्च सुखे सुखम्॥

प्रजा के सुख में ही राजा का सुख है—और प्रजा के हित में ही उसका हित। अपना प्रिय राजा का सुख नहीं है, उसका सुख तो प्रजा के सुखी रहने में ही है।

आचार्य कौटिल्य के अर्थशास्त्र की उपर्युक्त उक्ति देवी अहिल्या की शासन व्यवस्था का प्रमुख आधार रही है। देवी कहा करती थीं कि प्रजा के हित के लिए शासन का निर्माण हुआ है। शासन तथा शासित के बीच वही संबंध होना चाहिए, जो माता तथा संतान के बीच होता है। देवी अहिल्या अपनी प्रजा को अपनी संतान ही समझती थीं और उसके साथ वैसा ही व्यवहार भी करती थीं। यही कारण है कि रानी अथवा शासक के बजाय वे लोकमाता के रूप में प्रजा के हृदय में प्रतिष्ठित हुईं।

देवी अहिल्या कहा करती थीं, "ईश्वर ने मुझ पर जो दायित्व दिया है उसे मुझे निभाना है। मेरा काम प्रजा को सुखी रखना है। मैं अपने प्रत्येक काम के लिए जिम्मेदार हूँ। ईश्वर के यहाँ मुझे उसका जवाब देना है।"

अपने इसी विश्वास के कारण देवी अपने प्रत्येक कार्य को करने

के पूर्व उसे प्रजा के हित की कसौटी पर कसती थीं। गद्दी पर बैठते ही सबसे पहले उन्होंने अपने राज्य की आंतरिक शांति और सुरक्षा को मजबूत किया। चोर-डाकुओं के आतंक से प्रजा की मुक्ति के लिए उन्होंने अपनी पुत्री को भी दाँव पर लगा दिया। उन्होंने घोषणा की कि जो मेरे राज्य की प्रजा को चोर-डाकुओं के आतंक से मुक्त कराएगा, उसके साथ मैं अपनी इकलौती पुत्री मुक्ताबाई का विवाह कर दूँगी। उनकी यह कार्य-योजना सफल हुई। अल्प समय में ही उनके राज्य में शांति व्यवस्था स्थापित हो गई।

उसके पश्चात् देवी ने राज्य की लगान पद्धति में सुधार किया। उन्होंने पूरे राज्य को तीन भागों में विभाजित किया। पहला उत्तरी भाग, दूसरा मध्य भाग तथा तीसरा दक्षिणी भाग। उत्तरी भाग में इंदौर, तराना और राजपूताने का क्षेत्र था, मध्य भाग में महेश्वर तथा आस-पास का क्षेत्र तथा दक्षिण भाग में सतपुड़ा पर्वत के दक्षिण क्षेत्र का प्रदेश शामिल था। उत्तरी भाग में अधिकतर वे क्षेत्र थे, जहाँ से राज्य को चौथ प्राप्त होती थी। उन्होंने लगान वसूली की प्रक्रिया को सरल बनाया। वे व्यक्तिगत रूप से कोष की देखभाल करती थीं। बगैर पूर्व-सूचना के अधिकारियों के कार्य का निरीक्षण करती थीं। इससे अधिकारियों में भय बना रहता था और वे कार्य को सावधानी के साथ करते थे। किसी भी अधिकारी को अपने अधिकारों का दुरुपयोग करने का साहस नहीं होता था।

देवी जानती थीं कि देश की उन्नति के लिए कृषि और वाणिज्य का विकास आवश्यक है। इसलिए उन्होंने दोनों पर विशेष ध्यान दिया। किसानों की समस्याओं का निराकरण कर उनकी स्थिति सुधारी तथा उन्हें सुविधाएँ उपलब्ध कराईं। वाणिज्य के विकास के लिए उन्होंने बहुत प्रयास किए। उनके समय में बाहर से अनेक वस्तुएँ विक्रय-हेतु उनके राज्य में आती थीं। देवी इस बात का पूरा ध्यान रखती थीं कि बाहरी माल के आने से राज्य के उत्पादकों तथा व्यापारियों की हानि न हो। स्थानीय निर्माताओं तथा व्यापारियों को उन्होंने सुविधाएँ उपलब्ध कराकर खूब प्रोत्साहन दिया।

उन्होंने राज्य में स्वदेशी वस्त्र व्यवसाय को बहुत प्रोत्साहन दिया। अनेक जुलाहों को महेश्वर में बसाकर उन्हें करघे लगाने के लिए सहायता दी, जिससे महेश्वर वस्त्र-निर्माण में देश के नक्शे पर एक प्रमुख केंद्र के रूप में स्थापित हुआ। महेश्वरी साड़ियाँ आज भी देश भर में प्रसिद्ध हैं।

उन्होंने राज्य की सुरक्षा व्यवस्था मजबूत की। स्थान-स्थान पर दुर्ग बनाकर वहाँ सेना तैनात की। उनके पास बहुत बड़ी सेना थी। उन्होंने स्त्रियों की भी एक सेना बनाई थी। इस सेना का उपयोग उन्होंने अपने राज्य के विस्तार के लिए कभी नहीं किया। उनकी सेना का उपयोग केवल राज्य की सुरक्षा तथा श्रीमंत पेशवा के राष्ट्रीय स्तर के युद्ध अभियानों में सहयोग के लिए होता था।

उनके द्वारा इस बात की ओर विशेष रूप से ध्यान दिया जाता था कि कोई शक्तिशाली व्यक्ति किसी निर्बल को अथवा कोई धनवान् किसी निर्धन को न सता सके। निर्बलों और निर्धनों की सुरक्षा को वे अपना प्रथम कर्तव्य समझती थीं।

एक बार इंदौर में देवीचंद नामक व्यापारी की निस्संतान मृत्यु होने पर राज्य के किसी अधिकारी ने उसकी संपत्ति जब्त कर लेने का आदेश दिया। व्यापारी की विधवा ने महेश्वर जाकर सीधे देवी अहिल्या से शिकायत की। देवी का हृदय उस विधवा की अवस्था देख द्रवित हो गया। उन्होंने संबंधित अधिकारी को फटकार लगाते हुए कहा कि पति की संपत्ति पर उसकी पत्नी का पूर्ण अधिकार है, अतः उसकी संपत्ति उसे लौटाई जाए और भविष्य में इस घटना की पुनरावृत्ति न हो।

एक बार निमाड़ की एक निस्संतान मगर धनवान् विधवा, जिसके रिश्तेदार उसकी संपत्ति हड़पना चाहते थे, ने देवी के पास आकर अपनी सारी संपत्ति उन्हें अर्पित करने की इच्छा प्रकट की। देवी ने कहा कि "यह संपत्ति तुम्हारी है। इसे तुम्हें स्वयं ही अच्छे कार्यों में खर्च करना चाहिए।"

उस विधवा ने देवी की सलाह पर अपना सारा धन लोकोपयोगी कार्यों पर खर्च किया। देवी के पास अनेक लोग अपनी संपत्ति उन्हें

सौंपने आते थे। देवी ऐसे लोगों को स्वयं के विवेक से ही अपने धन को लोकोपयोगी कार्यों में खर्च करने की सलाह देती थीं। उनके इस व्यवहार से उनकी प्रजा को भी उनकी भाँति लोकोपयोगी कार्य करने की प्रेरणा मिलती थी।

उनके राज्य में वनों में रहनेवाले आदिवासी भीलों की बड़ी संख्या थी। ये लोग अकसर जंगलों से होकर गुजरनेवाले यात्रियों को लूट लिया करते थे। कई स्थानीय राजा तथा जमींदारों ने भी भीलों को आश्रय देकर उनके साथ लूट में भागीदारी को अपनी आय बढ़ाने का साधन बना लिया था। उनके आतंक से लोगों के लिए यात्रा करना कठिन हो गया। भीलों द्वारा लूट के साथ-साथ यात्रियों से 'भिल्ल कौड़ी' के नाम से वसूली भी की जाती थी। देवी ने भीलों के मुखिया को बुलाकर समझाया तथा खेती-बाड़ी कर ईमानदारी से उदरपूर्ति की सलाह दी, मगर भिल्लों ने उनकी सलाह नहीं मानी तो देवी ने सैनिक कार्रवाई कर सख्ती के साथ आततायियों को दंड दिया। कई भिल्लों को जेल में डाल दिया गया। कई को मृत्युदंड दिया गया। उनकी सख्ती से भिल्लों को समझ आ गई। उन्होंने अपनी करतूतों के लिए क्षमा माँगकर उनके आदेश मानना स्वीकार कर लिया। देवी ने उन्हें जमीन तथा खेती-बाड़ी का सामान उपलब्ध कराया, जिससे भिल्लों की लूटमार से प्रजाजनों को मुक्ति मिल गई।

देवी ने भिल्ल प्रदेश से गुजरनेवाले यात्रियों की सुरक्षा की जिम्मेदारी भिल्लों को ही सौंप दी तथा उन्हें हिदायत दी कि उनके क्षेत्र में किसी यात्री को लूटा गया तो संबंधित क्षेत्र की भिल्ल पंचायत को उस लूट की भरपाई करनी पड़ेगी। उनके इस आदेश के कारण भिल्ल प्रदेशों में चल रही लूटपाट समाप्त हो गई तथा लोगों के जान-माल को सुरक्षा मिल गई।

देवी किसी के भी विरुद्ध शिकायत मिलने पर उनके खिलाफ कार्यवाही करने के पूर्व उसका पक्ष भी जान लेती थीं; यदि उसकी कोई शिकायत होती तो उसे भी दूर करती थीं। एक बार उन्हें विंध्याचल के आस-पास कुछ भिल्लों द्वारा बलवा किए जाने की सूचना मिली। यदि

कोई दूसरा शासक होता तो वह सीधे सेना भेजकर बलवा करनेवालों को दंडित कर देता। मगर देवी अहिल्या ने पहले अपने एक मंत्री को उनके पास उनकी समस्याएँ जानने के लिए भेजा। उन्होंने उस क्षेत्र के भिल्लों के नेता को स्वयं पत्र भेजकर कहा, 'अशांति उस राज्य में होती है, जहाँ प्रजा के अधिकारों की अवहेलना होती है। यदि राजा स्वार्थ के वशीभूत होकर मनमानी करे, राज्य के कोष को अपनी बपौती मानकर उसका दुरुपयोग करे तो प्रजा उससे असंतुष्ट हो सकती है। मेरे द्वारा तो बिना किसी भेदभाव के प्रजा के हितों की पूर्ण सुरक्षा करने का प्रयास किया गया है। मैं तुम्हारी समस्याओं के निराकरण के लिए सदैव तत्पर हूँ। फिर यह अशांति क्यों उत्पन्न की जा रही है?

'जो राजा प्रजा की समस्याओं को दुर्लक्ष्य करता है, उसपर अन्याय तथा अत्याचार करता है, जो प्रजा का शोषण कर स्वयं मौज करता है, जो स्वार्थ की परितृप्ति में अपने कर्तव्य की इतिश्री समझ लेता है उसके विरुद्ध आवाज उठाने का अधिकार प्रत्येक नागरिक को है। मगर मैं समझती हूँ कि मेरे राज्य में ऐसा कभी भी नहीं हुआ है। मुझे नहीं पता आप लोग क्यों अशांति फैला रहे हैं तथा इससे आपको क्या लाभ है। जो शासक सदैव आपकी सुरक्षा के लिए तथा आपकी समस्याओं के निराकरण के लिए तत्पर रहा है, उसके साथ यह बरताव कदापि उचित नहीं है। आप मेरे पास आइए और अपनी समस्याओं से मुझे अवगत कराइए। मैं वचन देती हूँ कि मैं यथासंभव आपकी सहायता करूँगी।'

देवी के पत्र का भिल्लों पर असर हुआ और उनकी समस्या का शांतिपूर्ण समाधान निकाला गया। देवी के मन में प्रजा के लिए पुत्रवत् भावना थी, इसीलिए उन्होंने बलवा करनेवाले भिल्लों के विरुद्ध सैनिक कार्यवाही के पूर्व उन्हें व्यक्तिगत रूप से पत्र लिखकर उनका पक्ष सुना। उनकी इसी सद्भावना के कारण वनवासी भिल्ल भी उन्हें माता समान मानते थे तथा उनके आदेशों का पालन किया करते थे। अन्यथा इस जनजाति को दूसरा कोई भी शासक अपने नियंत्रण तथा कानून व्यवस्था में बाँधकर नहीं रख सका था।

देवी अहिल्या प्रजा के सुख को अपना सुख तथा प्रजा के दुःख को अपना दुःख मानती थीं। उनकी यह अभिलाषा रहती थी कि उनकी प्रजा धन-धान्य से भरपूर तथा समृद्ध हो। वे प्रजा की निर्धनता को राज्य की निर्धनता तथा प्रजा की समृद्धता को राज्य की समृद्धता और गौरव मानती थीं। जैसे माता अपने पुत्र का वैभव देखकर प्रसन्न होती है, उसी प्रकार देवी अहिल्या अपनी प्रजा का वैभव देखकर प्रसन्न होती थीं। उन्होंने कभी प्रजा के धन की अभिलाषा नहीं रखी; कभी भी प्रजा की संपत्ति के अपहरण का प्रयास नहीं किया।

उस काल में लोगों के पास आज की भाँति बैंक आदि की सुविधाएँ नहीं थीं। लोगों को अपनी सारी संपत्ति अपने घरों में ही छिपाकर रखनी पड़ती थी। उन्हें चोर-डाकुओं का सदा भय बना रहता था, इसलिए वे खुलकर अपने ऐश्वर्य का उपभोग अथवा प्रदर्शन करने का साहस नहीं करते थे। उन दिनों घोड़े तथा गाड़ी रखना, पालकी में घूमना, बड़े मकान बनाना, नौकर-चाकर रखना आदि केवल राजकीय कृपापात्रों के लिए ही संभव था। मगर देवी अहिल्या के राज्य में चोर-लुटेरों का भय न होने से लोग अपनी संपत्ति का खुलकर उपभोग करते थे।

राजा का कर्तव्य होता है कि वह बिना भेदभाव के सभी प्रजाजनों के साथ समान व्यवहार करे। देवी अहिल्या के शासन में इस नीति का पूर्णतया पालन किया जाता था। वे स्वयं हिंदू धर्म का पालन करती थीं; मगर अन्य धर्मावलंबियों को भी उनके राज्य में वही सुविधाएँ उपलब्ध थीं, जो हिंदुओं को प्राप्त थीं। उनकी धार्मिक सहिष्णुता की प्रशंसा विधर्मी भी मुक्तकंठ से करते थे। उनके शासनकाल में व्यक्तिगत विचार-स्वातंत्र्य में हस्तक्षेप का एक भी उदाहरण नहीं है।

देवी अहिल्या यह जानती थीं कि अधिकार व्यक्ति को उन्मत्त बना देता है। इसलिए वे अपने प्रशासनिक अधिकारियों पर कठोर नियंत्रण रखती थीं। अधिकारियों पर उनकी इतनी कड़ी नजर रहती थी कि उन्हें निरंतर भय बना रहता था। किसी भी अधिकारी अथवा राजकर्मचारी को अनधिकार चेष्टा करने का साहस नहीं होता था। यदि किसी के द्वारा

प्रजा के साथ दुर्व्यवहार की शिकायत प्राप्त होती थी तो वे उसे दंड देने में तनिक भी विलंब नहीं करती थीं।

उस काल में अधिकतर राज्यों में यह पद्धति प्रचलित थी कि जो धनी व्यक्ति निस्संतान दिवंगत होता था, उसकी विधवा को दत्तक लेने की अनुमति के लिए राज्य को भारी धनराशि चुकानी पड़ती थी। ऐसा न किए जाने पर राज्य द्वारा उसकी संपत्ति जब्त कर ली जाती थी। देवी अहिल्या ने अपने राज्य में इस प्रथा को बंद कर दिया तथा प्रत्येक विधवा स्त्री को उसकी इच्छा से दत्तक लेने अथवा स्वयं के द्वारा पति की संपत्ति के विनियोग करने का अधिकार प्रदान किया।

उन्होंने कहा कि किसी व्यक्ति के निस्संतान मरने पर उसकी पत्नी को धर्मशास्त्रों ने यह अधिकार दिया है कि वह किसी को दत्तक ले सकती है। राज्य को यह अधिकार कतई नहीं है कि वह उस विधवा स्त्री को धर्मशास्त्रों द्वारा दिए गए अधिकारों में हस्तक्षेप करे। राज्य यदि उसको अनुमति देने के नाम पर उससे धन वसूलता है तो यह कृत्य धर्म के विरुद्ध है। इसलिए उन्होंने स्पष्ट आदेश दिए कि दत्तक लेने के लिए प्राप्त अनुमति आवेदन-पत्रों को बिना कोई शुल्क लिये तुरंत स्वीकृत किया जाए।

उनका दरबार प्रजा के लिए बेरोक-टोक सदा खुला रहता था। कोई भी व्यक्ति बेहिचक उनके समक्ष उपस्थित होकर अपनी शिकायत प्रस्तुत कर सकता था। देवी उसकी शिकायत की पूर्ण निष्पक्षता से जाँच कर उसे न्याय दिलवाती थीं तथा अन्यायकर्ता को, फिर वह चाहे कितने ही बड़े पद पर क्यों न हो, दंडित करती थीं।

जब उनके सेनापति सूबेदार तुकोजीराव के पुत्र मल्हारराव के द्वारा की जा रही उच्छृंखलता तथा लूटमार की शिकायत उन्हें प्राप्त हुई तो देवी अहिल्या ने उसे बुलाकर स्नेहपूर्वक समझाने का प्रयास किया। मगर जब उसके व्यवहार में परिवर्तन नहीं हुआ तथा प्रजा को कष्ट देना उसने जारी रखा तो देवी ने उसे पकड़वाकर कारागार में डालकर दंडित किया।

एक बार महिदपुर के सरदार ने प्रजा से अन्यायपूर्वक कर की वसूली की। कुछ लोगों ने मातुश्री के पास आकर शिकायत की। देवी ने तुरंत सरदार को बुलाया। दोनों पक्षों की बातें सुनीं। सरदार की गलती पाई जाने पर प्रजा की धनराशि वापस करने का आदेश देकर भविष्य में ऐसा अन्याय न करने की चेतावनी उसे दी। सरदार हमेशा के लिए सुधर गया। प्रजा मातुश्री के न्याय की प्रशंसा करने लगी।

चाँदवड के मामलतदार द्वारा किसी व्यक्ति को सताए जाने की शिकायत उन्हें मिली। देवी ने उसे पत्र लिखकर कहा कि 'भविष्य में प्रजा के साथ ऐसा व्यवहार हम सहन नहीं करेंगे। प्रजा की हर बात पर गौर कर उसे पूर्ण संतोष प्रदान किया करो। यदि भविष्य में तुम्हारी शिकायत मिली तो परिणाम अच्छा नहीं होगा।'

सिरोंज के खेमदास नामक एक धनी साहूकार के निस्संतान मर जाने पर वहाँ के एक अधिकारी ने उसकी विधवा से दत्तक लेने की अनुमति देने के नाम पर उससे तीन लाख रुपयों की रिश्वत माँगी। विधवा ने उस समय तो उसे रिश्वत दे दी, मगर बाद में किसी की सलाह पर देवी के दरबार में उपस्थित होकर उन्हें घटना से अवगत कराया। देवी बहुत क्रोधित हुईं। उन्होंने तुरंत उस अधिकारी को बुलवाया तथा जाँच के उपरांत उसके दोषी पाए जाने पर उससे तीन लाख रुपए विधवा को वापस करवाए। उस अधिकारी को नौकरी से तत्काल बरखास्त कर कठोर दंड भी दिया गया।

देवी को मनुष्यों की सही परख थी। उन्होंने चुन-चुनकर योग्य व्यक्तियों को उनकी योग्यता के अनुरूप कार्य पर नियुक्त किया। व्यक्तियों को उनकी योग्यता के अनुरूप कार्य सौंपकर उसे उनके द्वारा सुयोग तरीके से पूर्ण करवा लेने में वे निपुण थीं। उनके द्वारा नियुक्त किए गए अधिकारियों द्वारा जीवन भर योग्यता और ईमानदारी से अपने कार्य का निष्पादन किया गया। देवी भी उनके कार्य पर सतत नजर रखती थीं तथा किसी के द्वारा कार्य में लापरवाही अथवा त्रुटि किए जाने पर उसे प्रताड़ित करने में चूकती नहीं थीं।

कर्मचारियों और उनके परिवारों की सुख-सुविधाओं का भी वह पूर्ण ध्यान रखती थीं। कर्मचारियों के वेतन प्रतिमाह निश्चित तारीख पर चुकाए जाने के उनके आदेश थे। स्थान-स्थान पर कार्य तथा व्यक्ति की योग्यता के आधार पर वेतन निर्धारित किया जाता था। प्रत्येक कर्मचारी का कार्य-निर्धारण किया जाता था। नियुक्ति के समय ही उसे उसके कार्य तथा मासिक वेतन की जानकारी दे दी जाती थी। कर्मचारियों के साथ देवी का व्यवहार मानवीय तथा स्नेहपूर्ण होता था। एक बार यह पता चलने पर कि किसी दूरस्थ स्थान पर पदस्थ कर्मचारी की कन्या सदैव अस्वस्थ रहती है, उन्होंने तुरंत उसकी बीमारी की जानकारी मँगाकर उसे दवाइयाँ भिजवाईं तथा कर्मचारी को पत्र लिखकर कहा कि बिटिया के स्वास्थ्य को अच्छा करने के लिए किसी सहायता की आवश्यकता हो तो निस्संकोच उन्हें तुरंत लिख भेजे।

एक बार नागलवाड़ी के कमाविसदार ने उनको लिखे पत्र में शासकीय बातों के बाद यह भी लिखा कि उसके पेट में अकसर दर्द रहता है। देवी ने तुरंत उसके उपचार की व्यवस्था कर दी। एक अन्य अधिकारी ने अपने पत्र में उन्हें माँ के स्वास्थ्य की खराबी की जानकारी देते हुए इस कारण परिवार की दुर्दशा का वर्णन किया था। देवी ने स्वयं उसके घर जाकर उसे सांत्वना दी थी। इस प्रकार राज्य के कर्मचारी अकसर शासकीय पत्रों में अपनी व्यक्तिगत समस्याओं से भी उन्हें अवगत कराते थे और देवी भी उनकी समस्याओं का निराकरण स्वयं रुचि लेकर करती थीं। देवी अपने बीमार कर्मचारियों का हाल-चाल जानने स्वयं उनके घर भी जाती थीं।

उनके आत्मीयतापूर्ण व्यवहार के कारण कर्मचारी भी उनके प्रति बहुत श्रद्धा तथा भक्ति रखते थे और अपनी जान की बाजी लगाकर भी उनके आदेशों के पालन के लिए तत्पर रहते थे। अच्छा कार्य करनेवाले कर्मचारियों को वे पुरस्कार देकर सम्मानित भी करती थीं। अपने स्वामीभक्त कर्मचारियों को उन्होंने जागीरें देकर पुरस्कृत किया। कर्मचारियों की वृद्धावस्था में उनके जीवन-निर्वाह का प्रबंध भी राज्य द्वारा किया जाता

था। अपने राज्य में प्रचलित नियमों तथा कानूनों को वे भलीभाँति जानती-समझती थीं। त्रुटिपूर्ण नियमों को उन्होंने संशोधित किया, नए लोकोपयोगी नियम बनाए तथा उन्हें लागू किया। उनकी स्मरणशक्ति बड़ी तीव्र थी। एक बार सुनी बात उन्हें सदैव याद रहती थी। नियमों के विरुद्ध तथा प्रजा के लिए अहितकारी कार्य न तो उन्होंने किए, न ही किसी को करने की अनुमति दी। सदैव अपनी विवेक-बुद्धि तथा प्रजा के हित को सामने रखकर ही उन्होंने शासन किया। देवी अहिल्या की आदर्श शासन प्रणाली तथा उनके अधीन कार्यरत सुयोग्य तथा ईमानदार कर्मचारियों की कर्तव्यदक्षता के कारण उनके राज्यकाल में उनके राज्य की शासन व्यवस्था संपूर्ण देश में आदर्श बनकर उभरी। उनके राज्य में सर्वत्र शांति व्यवस्था, नैतिकता, धर्मपरायणता तथा सुख-समृद्धि व्याप्त थी। इसीलिए उनकी शासन व्यवस्था को आदर्श माना जाता था।

□

: १८ :

देवी अहिल्या की न्याय-परायणता

देवी अहिल्या के समकालीन मराठी के सुप्रसिद्ध कवि मोरोपंत ने अपनी काव्य-पंक्तियों में देवी के संबंध में लिखा है—

देवी अहिल्याबाई। झालीस जग त्रयांत तू धन्या।
न न्याय धर्म निरता अन्या कलिमाजि ऐकली कन्या॥

—अर्थात् हे देवी अहिल्याबाई! तुम तीनों लोकों में धन्य हो। कलियुग में तुम्हारे जैसी न्यायी और धर्मपरायण अन्य नारी देखी-सुनी नहीं गई।

होलकर राज्य की स्थापना के पूर्व मुगल शासन में न्यायालयों की संख्या नाम मात्र थी। होलकर राज्य की स्थापना के बाद देवी अहिल्या के शासनकाल में ही नियमबद्ध न्यायालयों की स्थापना हुई। प्रजा को न्याय उपलब्ध कराने के उद्देश्य से देवी द्वारा स्थान-स्थान पर न्यायालयों की स्थापना कर उनमें सुयोग्य न्यायाधीशों की नियुक्तियाँ की गईं। उन्होंने गाँवों में पंचायतों की स्थापना कर न्यायदान के विस्तृत अधिकार उन्हें दिए। उनके शासनकाल में ये पंचायतें तथा न्यायालय प्रजा को संतोषजनक न्याय उपलब्ध कराने में महती भूमिका निभा रहे थे। इन पंचायतों तथा न्यायालयों के कार्य की विस्तृत रिपोर्ट निर्धारित समय पर राज्य के उच्चाधिकारियों तथा देवी तक भी पहुँचाई जाती थी, जिसके आधार पर आवश्यक प्रतीत होने पर देवी द्वारा नियमों अथवा प्रक्रिया में संशोधन किए जाते थे।

इन न्यायालयों में हुए फैसलों से असंतुष्ट व्यक्ति सीधे देवी के दरबार में उपस्थित होकर अपनी शिकायत प्रस्तुत कर सकता था तथा देवी स्वयं न्यायासन पर बैठकर प्रकरण में अपना निर्णय देती थीं। उनके न्याय से दोनों पक्षों को पूर्ण संतोष मिलता था। प्रजा में देवी के प्रति इतनी श्रद्धा थी कि उनके न्याय को अमान्य करने का विचार भी पाप समझा जाता था।

पंचायतों तथा न्यायालय में न्याय सुगम तथा सस्ता था तथा उसमें विलंब नहीं होता था। धन अथवा प्रभाव के बल पर न्याय को प्रभावित करना संभव नहीं था। गरीब, धनवान्, शक्तिशाली, अशक्त, सामान्य, प्रभावशाली—सभी लोगों को समान रूप से निष्पक्ष न्याय उपलब्ध होता था। देवी अहिल्या अपने व्यक्तिगत जीवन में अत्यंत दयालु तथा क्षमाशील थीं। मगर न्यायासन पर वे पूर्णतया निष्पक्ष, न्याय-परायण तथा कर्तव्य-कठोर होती थीं। मर्यादा, नियम, कानून और नैतिकता को भंग करने तथा प्रजा का अहित करनेवालों के प्रति उन्होंने न तो कभी दया ही दिखाई, न ही कभी उन्हें क्षमादान दिया। अपराधी उनकी नजर में सदैव अपराधी ही रहा, फिर वह चाहे सामान्य नागरिक हो अथवा अधिकारी, सरदार, जागीरदार या राजपरिवार का सदस्य।

देवी के ध्यान में कभी भी यदि यह बात लाई जाती कि प्रशासकीय त्रुटि के कारण किसी व्यक्ति के साथ अमुक प्रकार का अन्याय हुआ है तो देवी अपने आदेश से तुरंत ही उस त्रुटि को दूर कर प्रभावित व्यक्ति को न्याय प्रदान करती थीं।

एक बार राणोजी थिटे नामक एक व्यक्ति ने उनके दरबार में उपस्थित होकर उनके समक्ष दस्तावेज प्रस्तुत करते हुए कहा कि उसके पितामह स्व. महादजी थिटे केंदुरकर द्वारा स्व. सूबेदार मल्हारराव होलकर को दो घोड़ों की खरीद-हेतु कुछ धनराशि उधार दी गई थी, जिसे राज्य द्वारा वापस नहीं किया गया है। देवी ने दस्तावेजों की जाँच कर वर्षों पुराने उस कर्जे को तुरंत चुकाने का आदेश प्रशासन को दिया।

एक बार किसी लावारिस व्यक्ति के बारह सौ रुपए प्रशासनिक

अधिकारी द्वारा राजकोष में जमा कर दिए गए। बाद में उस व्यक्ति के भाई ने अपने आपको उस व्यक्ति का वारिस होने की बात देवी के समक्ष उपस्थित होकर सिद्ध की। देवी ने प्रशासन को उक्त राशि संबंधित वारिस को वापस करने का आदेश दिया।

दिनांक १.९.१७९२ को देवी ने भारमल दादा को पत्र लिखकर कहा कि 'परगना थालनेर मौजा बाघाडी के जाखोजी जगताप पर आरोप लगाकर उससे चार सौ रुपए वसूलकर तुमने राज्य के खजाने में जमा करवाए थे। बाद में जाँच के दौरान जगताप निर्दोष साबित हुआ है, अत: राजकोष में जमा किए गए उसके चार सौ रुपए उसे तुरंत वापस करें।'

ये घटनाएँ देवी अहिल्या की न्याय-परायणता के ज्वलंत उदाहरण हैं। किसी भी प्रकार का अन्याय, फिर चाहे वह उनके राज्य प्रशासन द्वारा ही क्यों न हुआ हो, उनके लिए असह्य था। न तो उनके हाथों कभी कोई अन्याय हुआ, न ही कभी उन्होंने अपने रहते दूसरे किसी को अन्याय करने दिया। फिर वह अन्यायकर्ता उनके राज्य का बड़े-से-बड़ा प्रशासनिक अधिकारी ही क्यों न रहा हो, देवी को उसके अन्याय की जानकारी मिलते ही वे स्वयं हस्तक्षेप कर उस अन्याय को दूर करती थीं।

देवी अहिल्या की न्याय-परायणता के कारण तथा उनपर अपनी श्रद्धा तथा भक्ति के कारण कई लोग अपने पारिवारिक विवादों को भी निपटारे के लिए उनके समक्ष ले आते थे और देवी भी निस्संकोच परिवार के मुखिया की भाँति उनके झगड़ों का निपटारा कर देती थीं। उनके फैसलों को शिरोधार्य कर दोनों पक्ष संतुष्ट हो जाते थे। कई लोग अपने परिवार की व्यक्तिगत बातें भी उनके सामने निस्संकोच प्रस्तुत कर उनकी सलाह माँगते तथा उनकी सलाह के अनुसार काम करते। प्रजाजनों के लिए ही नहीं, सरदार-जागीरदारों के लिए भी और यहाँ तक कि देश भर के अनेक राजे-रजवाड़ों के लिए भी देवी अहिल्या ममतामयी मातुश्री ही थीं।

एक बार तत्कालीन होलकर और ग्वालियर राज्यों के बीच एक भूखंड को लेकर विवाद चल रहा था। वर्षों तक यह विवाद चलने पर भी जब कोई हल नहीं निकाला जा सका तो दोनों पक्षों ने विवाद को पंच फैसले हेतु देने का निश्चय किया। प्रश्न यह था कि पंच किसे बनाया जाए। बहुत विचार-विनिमय के पश्चात् पंच के रूप में देवी अहिल्या के नाम पर दोनों पक्ष एकमत हुए। यह जानते हुए भी कि देवी स्वयं होलकर राज्य की प्रमुख हैं, ग्वालियर राज्य को उनकी निष्पक्षता तथा न्याय-परायणता पर पूर्ण विश्वास होने के कारण उनके नाम पर तनिक भी आपत्ति नहीं थी। दोनों पक्षों के तर्क सुनने के बाद देवी ने अपने अनूठे फैसले में कहा कि दोनों पक्ष इस भूखंड पर अपना अधिकार छोड़ दें तथा इस भूमि को गोचर भूमि के रूप में गायों को चरने के लिए खुला रखा जाए।

दोनों पक्षों ने उनके पंच-फैसले को शिरोधार्य किया और वह भूखंड गोचर भूमि के रूप में बिना लगान के खाली छोड़ दिया गया। स्वतंत्रता के बाद दोनों राज्यों के भारतीय संघ में विलय होने तक यह भूखंड गोचर भूमि ही बना रहा। इस घटना से पता चलता है कि देवी के न्याय के प्रति लोगों के मन में कितना विश्वास था!

□

: १९ :

देवी अहिल्या की अर्थ-नीति

राज्य के संचालन के लिए धन की आवश्यकता होती है। राज्य की सुरक्षा के लिए, प्रशासन चलाने के लिए, विकास कार्यों के लिए अपार धन लगता है। यह धन प्रजा से कर के रूप में वसूल किया जाता है। मनु महाराज तथा आचार्य चाणक्य ने आदर्श राज्य राजा की अपनी परिकल्पना में उसे कम-से-कम कर लेनेवाला तथा स्पष्ट और सरल कर प्रणाली बनानेवाला बताया है। देवी अहिल्या इस दृष्टि से आदर्श शासक मानी जा सकती हैं।

देवी अहिल्या का मत था कि प्रजा पर इतने कम कर लगाए जाने चाहिए कि उन्हें चुकाने में उन्हें कष्ट न हो। उनका मानना था कि प्रजा की भुगतान क्षमता से अधिक कर लगाए जाने से जहाँ करों की वसूली सुगमतापूर्वक नहीं हो पाती, वहीं प्रजा में राज्य के प्रति असंतोष भी जन्म लेता है। देवी के इसी विश्वास के कारण उनके राज्य में देश के अन्य राज्यों की अपेक्षा कम कर लगाए गए थे और इसके बावजूद उनके राज्य की राजस्व आय अन्य राज्यों की अपेक्षा कहीं अधिक थी।

देवी ने शासन-सूत्र अपने हाथ में लेने के बाद अनेक नवीन प्रशासनिक और आर्थिक नियम बनाए। उन्होंने प्रजा के लिए अहितकारी पुराने नियमों को समाप्त कर दिया। उनका स्पष्ट मत था कि शासकीय नियम प्रजा के हित में बनाए जाने चाहिए और जिन नियमों से प्रजा का

अहित होता हो उन्हें समाप्त कर देना चाहिए।

करों तथा लगान की वसूली के लिए उन्होंने अपने राज्य को जिलों और तहसीलों में बाँटकर उनमें सुयोग्य अधिकारियों की नियुक्तियाँ कीं। ग्रामों में ग्राम पंचायतों को उन्होंने व्यापक अधिकार दिए थे। उनके कार्यकाल में पंचायतें बहुत प्रभावी थीं तथा जनता के कल्याण के लिए बहुत अच्छा कार्य कर रही थीं।

देवी ने कृषि के विकास तथा किसानों की उन्नति के लिए विशेष ध्यान केंद्रित किया। उन्होंने किसानों को सभी प्रकार की सुविधाएँ उपलब्ध कराईं। उन्होंने राज्य के अधिकारियों को निर्देश दे रखे थे कि उन्हें किसानों की समस्याएँ प्राथमिकता से हल करनी चाहिए। उनके राज्य में कृषि अच्छी तथा अधिक मात्रा में हो, इसके प्रयास किए जाते थे। यदि किसी वर्ष अतिवृष्टि अथवा अनावृष्टि से फसलें प्रभावित होतीं तो देवी तुरंत ही किसानों का लगान माफ कर उन्हें राहत पहुँचाती थीं। सेनाओं के आवागमन से यदि किसी क्षेत्र के किसानों की फसलों को हानि पहुँचती थी तो देवी उन किसानों को उचित क्षतिपूर्ति भी देती थीं।

उनके राज्य में खेती पर लगान बहुत ही कम था। अन्य प्रकार के कोई कर भी किसानों पर नहीं थे। किसानों पर शासकीय अधिकारियों का किसी प्रकार का आतंक भी नहीं था। इस कारण किसान बहुत सुखी थे। फसलों से पैदावार अच्छी होने से उनके राज्य में खाने-पीने की वस्तुएँ बहुतायत में उपलब्ध रहती थीं। अनाज से मंडियाँ भरी रहती थीं। अनाज तथा दूध, घी, तेल आदि जीवनोपयोगी वस्तुएँ लोगों को सहजता से तथा सस्ती दरों पर उपलब्ध होने से प्रजा सुखी थी। उनके कार्यकाल में खेती का खूब विकास हुआ। उनके तीस वर्षीय शासनकाल में राज्य में एक बार भी गंभीर अकाल नहीं पड़ा।

राज्य में व्यापार को बढ़ाने के लिए भी उन्होंने प्रयास किए। राज्य में शांति व्यवस्था होने से बाहर के व्यापारी भी निडर होकर अपना माल लेकर उनके राज्य में आते तथा व्यापार करते थे। देश-विदेश की वस्तुओं का राज्य में कारोबार होता था। महेश्वर में उनके द्वारा विकसित किया

गया वस्त्रोद्योग फल-फूल रहा था तथा देश भर में महेश्वरी वस्त्रों की बहुत माँग थी। विभिन्न वस्तुओं पर व्यापारियों से लिया जानेवाला कर निश्चित था। करों की दरें अपेक्षाकृत कम थीं, इस कारण उनका व्यापार पर प्रतिकूल प्रभाव नहीं होता था। व्यापारी ईमानदारी से करों का भुगतान करते थे। शासकीय कर्मियों में भ्रष्टाचार बिलकुल भी नहीं था।

देवी अहिल्या इस बात की ओर विशेष ध्यान देती थीं कि राज्य में शासकीय कर्मचारी व्यापारियों को परेशान न करें। इसलिए उन्होंने कर संबंधी नियम सरल तथा स्पष्ट बनाए थे। अधिकारियों को देवी के कड़े आदेश थे कि व्यापारियों से निर्धारित करों से एक भी रुपया अधिक न लें। यदि उन्हें यह जानकारी मिलती कि किसी अधिकारी ने किसी व्यापारी से निर्धारित कर के अतिरिक्त कोई राशि ली है तो वे अधिकारी को दंडित कर व्यापारी को उसकी राशि वापस करवाती थीं। करों तथा कर्ज की वसूली मानवीयता के आधार पर की जाती थी और कठोर उपाय केवल तभी अपनाए जाते थे जब कोई व्यक्ति देय राशि चुकाने की स्थिति में होते हुए भी बेईमानी के कारण न चुका रहा हो। उन्होंने पूर्व से चले आ रहे अन्यायपूर्ण करों को पूर्णतया समाप्त कर दिया था।

एक बार राज्य के अधिकारियों ने उन्हें सुझाव दिया कि कुछ वस्तुओं पर अपने राज्य में पड़ोसी राज्यों की अपेक्षा कम कर हैं, अतः अपने यहाँ भी उसे बढ़ाकर पड़ोसी राज्यों के बराबर ही कर देना चाहिए। इसपर देवी अहिल्या ने स्पष्ट शब्दों में कहा कि "कर के निर्धारण का आधार पड़ोसी राज्यों के करों के आधार पर नहीं, अपनी परिस्थितियों तथा आवश्यकताओं को ध्यान में रखकर किया जाता है। अतः केवल इस आधार पर कि अन्य राज्यों में अधिक कर लिया जाता है, हमारे यहाँ भी कर-वृद्धि उचित नहीं होगी।" उन्होंने यह भी कहा कि "जीवन के लिए आवश्यक वस्तुओं पर कर कम-से-कम होना चाहिए, इसलिए हमें कर बढ़ाने के बजाय इन वस्तुओं पर लिये जानेवाले कर में और कमी कर देनी चाहिए।"

अंततोगत्वा उनके राज्य में उन वस्तुओं पर करों को और भी कम

कर दिया गया।

देवी अहिल्या के शासनकाल में कर इतने कम थे कि जनता को उन्हें चुकाने में तनिक भी कष्ट नहीं होता था। इसलिए प्रजाजन ईमानदारी के साथ करों का भुगतान करते थे। प्रजा यह भी जानती थी कि उनके द्वारा चुकाए जानेवाले करों को संपूर्ण राशि प्रजाजनों के कल्याण पर ही खर्च होने वाली है। उनके इसी विश्वास के कारण अन्य राज्यों की तुलना में कम कर होते हुए भी देवी अहिल्या के राज्य में राजस्व की आय अधिक होती थी। □

: २० :

देवी अहिल्या की सुरक्षा-नीति

चंद्रावतों के तीन विद्रोहों तथा उनकी मदद के लिए उदयपुर के राणा द्वारा किए गए आक्रमण, जिसे देवी अहिल्या ने अपने कुशल नेतृत्व तथा युद्ध-नीति से असफल बनाया, के अपवाद को छोड़कर देवी अहिल्या के शासनकाल में उनके राज्य में सामान्यत: शांति बनी रही। न तो किसी अन्य सामंत ने कभी उनके खिलाफ विद्रोह किया, न ही किसी दूसरे राज्य ने उनके राज्य पर आक्रमण करने का साहस ही किया। इसका कारण जहाँ देवी की धर्म-परायणता, न्यायप्रियता तथा सद्‌भाव की छवि थी, वहीं उनकी विशाल सैन्य-शक्ति तथा कुशल युद्ध-नीति का भय भी था।

देवी अहिल्या की सेना ने सूबेदार तुकोजीराव के नेतृत्व में कई युद्ध लड़े, लेकिन वे सारे युद्ध राष्ट्रीय परिप्रेक्ष्य में श्रीमंत पेशवा के साथ मिलकर लड़े गए। इन युद्धों की आँच देवी के राज्य को जरा भी नहीं लगी। देवी अहिल्या द्वारा इन युद्धों के लिए तुकोजीराव को सेना, युद्ध-सामग्री तथा रसद की आपूर्ति नियमित रूप से की जाती थी और समय-समय पर धन भी उपलब्ध कराया जाता था। देवी अहिल्या द्वारा उपलब्ध कराई गई मदद तथा मार्गदर्शन का ही परिणाम था कि तुकोजीराव सदैव ही युद्धों में विजयी होते रहे।

एक बार जयपुर के राजा से करों की वसूली के लिए सेना सहित

निकले तुकोजीराव की सेना पर मार्ग में सिंधिया की सेना ने आक्रमण कर दिया। तुकोजी ने मातुश्री को संदेश भेजकर सैनिकों तथा रुपयों की माँग की। सिंधिया द्वारा किए गए इस आक्रमण से देवी क्रोधित हो गईं। उन्होंने तुरंत ही पाँच लाख रुपए तथा अठारह सौ सैनिकों को तुकोजी की मदद के लिए भेजकर उन्हें लिख भेजा कि "घबराना मत, शत्रु को परास्त करके ही वापस आना। रुपए और सेना का मैं पुल बना दूँगी। यदि कोई समस्या हो तो लिखना, मैं स्वयं युद्ध के लिए युद्धक्षेत्र में पहुँच जाऊँगी।"

देवी के इस प्रेरक संदेश ने बड़ा काम किया। तुकोजीराव की सेना को युद्ध में विजयश्री प्राप्त हुई।

देवी अहिल्या भले ही अपने धर्म-परायण जीवन, धर्मक्षेत्रों के उद्धार तथा प्रशासन-कुशलता के लिए विशेष रूप से जानी जाती रही हों, मगर राज्य की सुरक्षा के लिए सदैव अपनी सेना को सतर्क तथा सुदृढ़ बनाए रखने की ओर भी उन्होंने विशेष ध्यान दिया। यही कारण था कि शत्रु को कभी भी उनके राज्य की ओर आँख उठाकर देखने का साहस नहीं हुआ। इसी कारण उनके राज्य में सदैव शांति बनी रही तथा उन्हें अपना ध्यान लोक-कल्याणकारी कार्यों में लगाने का अवसर मिल सका।

देवी अहिल्या ने अपनी सेना को अस्त्र-शस्त्रों से सुसज्जित तथा युद्ध-विद्या से प्रशिक्षित कर रखा था। युद्ध-सामग्री तथा खाद्य-सामग्री के भंडार भी भरकर रखे हुए थे। अपने सैनिकों को सभी प्रकार की सुविधाएँ तथा वेतन आदि समय पर उपलब्ध हों, इस बात का वह स्वयं विशेष ध्यान रखती थीं। युद्ध में जाने वाले सैनिकों के परिवारों का वे विशेष ध्यान रखती थीं। रण में वीरगति पानेवाले सैनिकों के परिवारों के भरण-पोषण की व्यवस्था राज्य द्वारा की जाती थी। देवी के इस ममतामयी व्यवहार से उनके सैनिक सदैव संतुष्ट रहते थे और जान हथेली पर लेकर युद्ध में लड़ते थे तथा सदैव विजयी होकर लौटते थे।

देवी अहिल्या की सेना उनपर इतनी श्रद्धा रखती थी कि एक बार

जब सेनापति तुकोजीराव द्वारा किसी वैमनस्य के चलते अपने सैनिकों को देवी के विरुद्ध लड़ने के लिए उकसाया गया तो सैनिकों ने उन्हें स्पष्ट रूप से कह दिया कि उनके आदेश पर वे किसी भी शत्रु से लड़ सकते हैं, मगर प्राण जाने पर भी वे कभी मातुश्री के खिलाफ शस्त्र नहीं उठाएँगे।

देवी अहिल्या को न तो अपने राज्य का विस्तार करने की आकांक्षा थी, न ही अन्य राज्यों से धन-संपत्ति लूटकर लाने का मोह ही। इसलिए वे केवल इतनी सेना रखती थीं जिससे उनके राज्य की सीमाएँ सुरक्षित रह सकें। आवश्यकता से अधिक सेना को बढ़ाकर उन्होंने अपने धन का अपव्यय नहीं किया। उनकी सेना छोटी, मगर युद्ध-विद्या में निपुण और अनुशासित थी। वह अपने राज्य की आंतरिक शांति व्यवस्था बनाए रखने तथा बाहरी आक्रमण से राज्य की सुरक्षा करने में सक्षम थी। इतना ही नहीं, श्रीमंत पेशवा के राष्ट्रीय स्तर के युद्ध अभियानों में भाग लेकर मराठा साम्राज्य को शक्ति-संपन्न बनाए रखने में भी उसने उल्लेखनीय योगदान दिया।

देवी अहिल्या की शिक्षा-दीक्षा तथा प्रशिक्षण स्व. सूबेदार मल्हारराव जैसे श्रेष्ठ सेनापति के द्वारा हुआ था। स्वाभाविक रूप से उनके व्यक्तित्व में मल्हारराव के व्यक्तित्व की अनेक विशेषताएँ स्वयमेव आ गई थीं। सैन्य-संचालन, व्यूह रचना आदि में मल्हारराव की भाँति ही वे भी निपुण थीं। बचपन से ही मल्हारराव के साथ कुछ युद्धों में उन्होंने भाग लिया था। युद्धों में पुरुषों की भाँति ही घोड़े पर सवार होकर तथा हाथों में शस्त्र लेकर वे सेना का नेतृत्व करती थीं।

मल्हारराव के समय में राज्य को अठारह भागों में विभक्त कर प्रत्येक भाग को एक सरंजामी सरदार के अधीन किया गया था। प्रत्येक सरदार के पास लगभग एक लाख रुपयों के राजस्व की आय का क्षेत्र था। उसे अपनी इस आय से निश्चित संख्या में सेना को रखना पड़ता था, जिसे आवश्यकता पड़ने पर युद्ध में भेजा जाता था। देवी ने इसी सरदारी प्रथा को अपने शासनकाल में भी बनाए रखा। वे इन सरदारों की

मान-मर्यादा बनाए रखकर भी उन्हें अपने नियंत्रण में रखती थीं। सन् १७७२ में उन्होंने कर्नल ब्राइड नामक अमेरिकन सेनापति के निर्देशन में एक पाश्चात्य पद्धति की सेना का भी गठन किया। उनके द्वारा कर्नल ब्राइट के साथ किया गया सैन्य समझौता उनकी दूरदर्शिता तथा कूटनीतिज्ञता का श्रेष्ठ नमूना है।

देवी अहिल्या शांति की उपासक थीं। युद्ध उन्हें पसंद नहीं थे। इसलिए उन्होंने कभी भी स्वयं युद्ध प्रारंभ नहीं किए। दूसरे के द्वारा छेड़े गए युद्धों को भी रोकने तथा विवाद के शांतिपूर्ण समाधान के लिए वे अंतिम समय तक प्रयत्नशील रहती थीं। मगर यदि एक बार युद्ध प्रारंभ हो ही जाए तो फिर वे साक्षात् रणचंडी बनकर युद्धश्रेत्र में उतर पड़ती थीं तथा दुश्मन का नाम शेष कर डालती थीं। चंद्रावतों के विद्रोह के समय विद्रोह के सूत्रधार सरदार सौभागसिंह को युद्ध में जिंदा पकड़कर उन्होंने उसे तोप के मुँह पर बाँधकर उड़ा दिया था।

□

: २१ :

देवी अहिल्या की धर्म-परायणता

देवी अहिल्या का जीवन धर्म-परायणता का उत्कृष्ट उदाहरण है। बचपन से ही वे परम शिवभक्त थीं। मल्हारराव होलकर से उनकी पहली भेंट भी चौंड़ी के शिव मंदिर में ही हुई थी। विवाह के पश्चात् राजघराने में बहू बनकर आने के बाद भी उनमें बसे धर्म-परायणता के संस्कार वैसे ही बने रहे। पति के निधन के बाद प्रचलित परंपरानुसार पति के साथ सहगमन कर सती होने की इच्छा को उन्हें श्वसुर के आग्रह के कारण और प्रजा के हित में छोड़ना पड़ा था। मगर उसके बाद उनके जीवन का उद्देश्य केवल ईश्वर की आराधना तथा नर-नारायण रूपी प्रजा की सेवा ही बन गया था।

सेवा, त्याग-तपस्या और दान-धर्म का हमारी सनातन संस्कृति में सदैव ही बड़ा महत्त्व रहा है। सभी जीवों में ईश्वर का अस्तित्व मानकर अद्वैत भाव से उनकी सेवा को ईश्वर सेवा ही समझा गया है। एक विशाल राज्य की शासिका होते हुए भी देवी अहिल्या ने निष्काम भाव से किसी कर्मयोगिनी संन्यासिनी की भाँति जिस प्रकार अपने प्रजाजनों की सेवा की, उसकी मिसाल विश्व के इतिहास में दूसरी नहीं मिलती।

देवी अहिल्या ने अपने राज्य को भगवान् शिव को अर्पण कर दिया था और स्वयं उसकी प्रतिनिधि के रूप में ही राज्य का प्रशासन चलाती थीं। उनके राजादेश भी भगवान् शिवशंकर के नाम से ही जारी किए

जाते थे। उन्हें मिली सोलह करोड़ रुपए की खासगी की संपत्ति पर भी तुलसी-पत्र रखकर उन्होंने उसे ईश्वर को अर्पण कर दिया था। इसी धनराशि से उन्होंने देश भर के मंदिरों और तीर्थक्षेत्रों के जीर्णोद्धार करवाए।

उनका सारा जीवन दान-धर्म तथा सेवाकार्यों में व्यतीत हुआ। अपने सेवाकार्य उन्होंने केवल अपने राज्य की सीमाओं में ही नहीं किए, संपूर्ण देश उनका कार्यक्षेत्र था और संपूर्ण मानवता की सेवा उनका उद्देश्य। वसुधैव कुटुंबकम् का भाव मन में लेकर उन्होंने प्रत्येक व्यक्ति के दुःख और कष्ट दूर करने का प्रयास किया। उनका स्नेहमय और दयालु मातृ हृदय प्रत्येक व्यक्ति की पीड़ा से द्रवित हो उठता था, और वे यथाशक्ति उसकी पीड़ा दूर करने का प्रयत्न करती थीं। उनका जीवन निष्काम कर्मयोग का अनूठा उदाहरण है।

अपने जीवनकाल में उन्होंने देश भर में जो अगणित निर्माण कार्य कराए, उसका कोई हिसाब नहीं है। देश के कोने-कोने में फैले प्रत्येक तीर्थस्थल पर उनके द्वारा कराए गए निर्माण तथा प्रारंभ किए गए सेवाकार्य आज भी अक्षुण्ण हैं।

देवी अहिल्या किसी भी व्यक्ति को दुःखी, दीन-हीन अथवा भूखा-प्यासा नहीं देख सकती थीं। इसलिए ऐसे लोगों के दुःख दूर करने के लिए वे नित्य भोजन, अनाज, वस्त्र तथा धन का दान करती थीं। कोई भी याचक उनके द्वार से खाली हाथ नहीं लौटता था। त्योहारों के अवसर पर वे गरीबों को नए वस्त्र तथा मिष्टान्न वितरित करती थीं। राजधानी महेश्वर के अतिरिक्त कई अन्य नगरों में भी उन्होंने गरीब और जरूरतमंद लोगों की मदद के लिए विशेष प्रबंध किए थे।

अनेक तीर्थस्थानों पर उन्होंने गरीबों के लिए अन्नक्षेत्र तथा सदाव्रत प्रारंभ किए, जहाँ गरीबों, असहायों, दीन-दुःखियों को भोजन व वस्त्र वितरित किए जाते थे। देवी अपने सेवाकार्यों का प्रचार-प्रसार कर वाहवाही लूटना नहीं चाहती थीं, इसलिए उन्होंने इन कार्यों को सूचीबद्ध कर प्रचारित नहीं किया। इस कारण हमें उन स्थानों की अधिकृत जानकारी उपलब्ध नहीं होती। मगर हम जिस भी तीर्थक्षेत्र में जाते हैं—चाहे वह

हिमालय में बदरीनाथ, केदारनाथ हो अथवा सुदूर दक्षिण में रामेश्वरम्, पूर्व में जगन्नाथपुरी हो अथवा पश्चिम में द्वारका—वहाँ हमें देवी अहिल्या द्वारा चलाए गए सेवा-कार्य अवश्य ही दिखाई देते हैं।

वेद-शास्त्रों के ज्ञाता तथा विद्वान् ब्राह्मणों का वे बहुत आदर और सम्मान करती थीं। उन्होंने ऐसे ब्राह्मणों को राज्याश्रय देकर सम्मानित किया। उन्हें भूमि, मकान तथा गाँव आदि वंश-परंपरा के आधार पर दान किए। उन्होंने अपने द्वारा निर्मित मंदिरों में उन्हें पूजा-पाठ तथा कीर्तन-प्रवचन के लिए नियुक्त किया। महेश्वर तथा अनेक अन्य तीर्थक्षेत्रों में उन्होंने हजारों ब्राह्मणों के द्वारा नियमित पूजा-पाठ, जाप-अनुष्ठान, कीर्तन-पुराण और ब्राह्मण भोजन के आयोजन किए। अनेक विद्वान् पंडितों के जीवन-निर्वाह का प्रबंध भी उनकी ओर से किया जाता था।

चातुर्मास्य में तो महेश्वर में धार्मिक आयोजनों की धूम रहती थी। पेशवा के वकील विट्ठल शामराज ने पेशवा को लिखे अपने पत्र में ईस्वी सन् १७८१ में लिखा था—'यहाँ महेश्वर में श्रावण मास की बड़ी धूम है। रोज ढाई-तीन हजार ब्राह्मणों का भोजन होता है। तीन सौ ब्राह्मण अनुष्ठान, सौ ब्राह्मण शिव कवच, एक सौ पचास ब्राह्मण शिव स्मरण, सौ ब्राह्मण सूर्य नमस्कार तथा सैकड़ों अन्य धार्मिक कार्यों में लगाए गए हैं। इन सारे ब्राह्मणों के भोजन, दक्षिणा आदि के अतिरिक्त अन्य दान-धर्म भी बहुत हो रहा है।' एक अन्य पत्र में विट्ठल शामराज श्रीमंत पेशवा को लिखे अपने पत्र में बताते हैं—'ग्रहण के अवसर पर अहिल्याबाई ने एक लाख रुपए खर्च कर अनाज, स्वर्ण और धन आदि का दान किया। उन्होंने एक हाथी भी दान किया।' श्रावण मास के धार्मिक अनुष्ठानों में भाग लेने के लिए प्रतिवर्ष उत्तर भारत, गुजरात, महाराष्ट्र आदि प्रांतों से हजारों ब्राह्मण महेश्वर आते थे।

देवी ने गुप्तदान भी बहुत किया। अनेक तीर्थक्षेत्रों के मंदिरों में मूर्तियों के वस्त्र, आभूषण, नैवेद्य, नंदादीप, पूजा-पाठ तथा दक्षिणा की स्थायी व्यंवस्था उन्होंने की है। पंढरपुर, रामेश्वर तथा काशी में भगवान् की मूर्तियों के लिए उन्होंने सोने तथा रत्नों के आभूषण बनवाकर भेंट

किए। प्रतिवर्ष महाशिवरात्रि के अवसर पर देश के करीब चालीस प्रमुख तीर्थस्थानों पर पूजन अभिषेक के लिए गंगोत्तरी से गंगाजल पहुँचवाने की स्थायी व्यवस्था देवी द्वारा की गई है, जो आज तक अखंड रूप से चल रही है। देवी द्वारा निर्धारित ब्राह्मण आज भी वंश-परंपरा के आधार पर यह कार्य संपन्न करते हैं।

हिंदू धर्म में गंगा माता तथा गंगाजल दोनों का बहुत महत्त्व है। देश के विभिन्न कोनों में स्थित तीर्थस्थानों पर मंदिरों में अभिषेक-हेतु गंगाजल भिजवाने की स्थायी व्यवस्था कर देवी अहिल्या ने राष्ट्रीय एकता की इस परंपरा को और भी मजबूत बनाया है। हिंदू धर्म के अतिरिक्त दूसरे धर्म के श्रद्धा स्थानों पर भी देवी ने निर्माण कार्य करवाए। देश भर में अनेक मसजिदों, दरगाहों तथा मौलवी-फकीरों को उन्होंने राज्याश्रय देकर भूमि, जागीर तथा धन आदि दान किए। अनेक मसजिदों का जीर्णोद्धार करवाया। अनेक मसजिदों-दरगाहों को उनकी ओर से नियमित दान दिया जाता था।

उनके मन में केवल मानवों के लिए ही करुणा का भाव था, ऐसा नहीं है। पशु-पक्षियों के लिए भी उनके मन में स्नेह भाव था। अनेक स्थानों पर वे खेत खरीदकर पक्षियों को चुगने के लिए खुला छोड़ दिया करती थीं। चींटियों के लिए वन में आटा तथा मछलियों के लिए नदियों, जलाशयों में आटे की गोलियाँ बनवाकर रोज डलवाने की व्यवस्था भी उन्होंने कर रखी थी।

गोमाता के लिए भी उनके मन में बहुत श्रद्धा थी। गायों तथा उसके बछड़ों के लिए अनेक स्थानों पर उनके द्वारा चारा-पानी की व्यवस्था की गई थी। प्रत्येक गाँव में पशुओं को चरने के लिए गोचर भूमि छोड़ी जाती थी। देवी द्वारा ग्रीष्म ऋतु में लोगों के लिए स्थान-स्थान पर पानी की प्याऊ का प्रबंध किया जाता। शीतकाल में गरीबों को कंबल आदि वितरित होते। इस कार्य के लिए उन्होंने स्वतंत्र कर्मचारी नियुक्त कर रखे थे। उनके सेवाकार्यों की विशेषता थी कि वे उनकी खासगी (निजी) संपत्ति से चलाए जाते थे, शासकीय दौलत से नहीं। उन्होंने इनकी व्यवस्था भी शासन के माध्यम से न करते हुए उसके लिए स्थायी स्वतंत्र यंत्रणा खड़ी करके की।

इसके कारण उनके पश्चात् भी अनेक शासकों के बदल जाने के बावजूद उनके द्वारा प्रारंभ किए गए सेवा-प्रकल्प निर्बाध रूप से चलते रहे हैं।

देवी अहिल्या की दानवीरता के किस्से सुनकर प्रतिदिन कोई-न-कोई उनके पास जाकर, अपनी समस्याएँ बताकर उनसे मदद की याचना करता था; मगर देवी दान देने के पूर्व याचक के सत्पात्र होने की जाँच अवश्य कर लेती थीं। एक बार काशी के एक ब्राह्मण ने उनके पास आकर कहा कि मेरा मकान जल जाने से मैं बेघर हो गया हूँ। कृपया मुझे घर बनाने के लिए धन दें। देवी ने उसे महेश्वर में कुछ दिन ठहरने को कहा तथा उसके निवास और भोजन की वहीं व्यवस्था कर दी। महीना भर रहने के बाद भी देवी ने उसे जब धनराशि नहीं दी तो वह निराश होकर वापस चला गया और राजस्थान के कई राजाओं से मिलता हुआ जब छह माह बाद काशी पहुँचा तो देखा कि उसका घर देवी अहिल्या के आदेश से पुनर्निर्मित कर दिया गया है। वास्तव में ब्राह्मण को महेश्वर में रहने को कहकर देवी ने काशी में अपने लोगों से ब्राह्मण के कथन की जाँच कर, यदि मकान वास्तव में जल गया हो तो उसके निर्माण की व्यवस्था करने के निर्देश भेजे थे। इस घटना से यह पता चलता है कि किसी व्यक्ति के कथन की पूरी तरह जाँच किए बगैर देवी उसके कथन पर विश्वास नहीं करती थीं।

देवी द्वारा किए गए दान-धर्म तथा लोक-कल्याणकारी कार्यों और सेवा-प्रकल्पों से उनकी ख्याति पुण्यश्लोक लोकमाता के रूप में उनके जीवनकाल में ही संपूर्ण देश में फैल गई थी। बड़े-बड़े राजा-नवाब, संत-महात्मा तथा साधारण प्रजाजन—सभी के मन में उनके लिए अपार श्रद्धा और सम्मान का भाव था। यहाँ तक कि उनके कार्यकाल में उनके अन्नक्षेत्रों में कभी किसी चोर अथवा डाकू ने भी चोरी अथवा लूट का प्रयास नहीं किया। बीहड़ जंगलों में स्थित उनके अन्नक्षेत्र भी चोरों, डाकुओं से सदैव निरापद रहे; क्योंकि चोर भी वहाँ चोरी करने को पाप समझते थे और मानते थे कि ऐसा करने से उन्हें पुण्यश्लोक देवी अहिल्या माता के शाप का भागी बनना पड़ेगा। □

: २२ :

देवी अहिल्या के शासन में अंतर्राज्यीय संबंध

देवी अहिल्या के शासनकाल में होलकर राज्य देश के प्रमुख शक्तिशाली राज्यों में से एक था। स्वाभाविक रूप से देवी अहिल्या को देश के सभी राज्यों में सम्मान तथा आदर प्राप्त था। अन्य राज्यों के साथ आपसी संबंधों पर सदैव विचार-विमर्श करने के उद्‌देश्य से प्रत्येक राज्य के राजदूत, जिन्हें उन दिनों 'वकील' कहा जाता था, सभी प्रमुख राज्यों में नियुक्त किए जाते थे। पूना, ग्वालियर, मारवाड़, भरतपुर, जयपुर, जोधपुर के अलावा कई अन्य राज्यों के वकील स्थायी रूप से महेश्वर में नियुक्त रहते थे। राष्ट्रीय परिस्थिति पर चर्चा के लिए कई बार अन्य राज्यों के वकील भी समय-समय पर देवी से विचार-विमर्श के लिए महेश्वर आते रहते थे।

देवी अहिल्या के वकील भी स्थायी रूप से पूना, ग्वालियर, उदयपुर, जयपुर, हैदराबाद, अयोध्या, नागपुर, लखनऊ, भोपाल, कोटा, दिल्ली, श्रीरंगपट्टनम, कलकत्ता, डोंगरपुर, प्रतापगढ़ आदि अनेक राज्यों में नियुक्त थे। इससे यह सिद्ध होता है कि देवी अहिल्या इन राज्यों के शासकों के साथ अंतर्राज्यीय संबंधों को विकसित कर आपसी हितों की सुरक्षा के लिए उनसे सदैव संपर्क बनाए रखती थीं। अपने वकीलों के माध्यम से

देवी को उन राज्यों तथा उस क्षेत्र के अन्य राज्यों की गतिविधियों तथा राजनीतिक घटनाचक्र की विस्तृत रिपोर्ट मिलती रहती थी। इन वकीलों के माध्यम से देवी का उन राज्यों के शासकों के साथ निरंतर विचार-विमर्श भी होता रहता था।

होलकर राज्य मराठा साम्राज्य का घटक था। स्वाभाविक रूप से वह पूना के श्रीमंत पेशवा के अधीन था। देवी अहिल्या के समय तक मराठा साम्राज्य के विविध घटकों की स्वयं की शक्ति बढ़ जाने तथा पेशवा की केंद्रीय शक्ति के कमजोर होने के कारण उनपर पेशवा का पहले की भाँति नियंत्रण नहीं रह गया था। मगर देवी द्वारा पेशवा को पूर्ण सम्मान तथा महत्त्व प्रदान करते हुए उनके साथ मधुर संबंध बनाए रखे गए थे। उन्होंने असाधारण कूटनीतिज्ञता का परिचय देते हुए जहाँ एक ओर पेशवा की सर्वोच्चता को बनाए रखा, वहीं उनके आशीर्वाद से होलकर राज्य की अपनी स्वतंत्र सत्ता भी बनाए रखी। वे पेशवा को बहुत मानती थीं तथा उनकी इच्छा के विरुद्ध कोई काम नहीं करती थीं। श्रीमंत पेशवा की समस्त योजनाओं में वे संपूर्ण सहयोग देती थीं। वे उनके युद्ध अभियानों के लिए अपनी सेना तथा धन भी मुहैया करती थीं। उन्होंने अपने सेनापति सूबेदार तुकोजीराव होलकर को निर्देश दे रखा था कि वे श्रीमंत पेशवा का काम पहले करें, बाद में उनका। श्रीमंत पेशवा के वकील श्री हिंगणे ने पेशवा को लिखे एक पत्र में देवी के संबंध में लिखा था—'अहिल्याबाई का पुण्य, बुद्धि व धर्म इस संस्थान को चिर स्थायी बनानेवाला है। उसमें पेशवा के प्रति पूर्ण निष्ठा, विश्वास, सत्कीर्ति, कर्तव्य व पुरुषार्थ निहित है।'

श्रीमंत पेशवा को वे सम्मान देती थीं तथा उनके आदेशों का पालन भी करती थीं, मगर अपने राज्य के आंतरिक मामलों में कभी भी किसी का दखल उन्हें स्वीकार नहीं था। राज्य के मामलों में यदि आवश्यक हुआ तो श्रीमंत पेशवा, नाना फडणीस अथवा अपने स्वयं के अधिकारियों से सलाह-मशविरा करती थीं; मगर अंतिम निर्णय उनका स्वयं का रहता था। पेशवा दरबार में देवी के विरोधी उनके खिलाफ षड्यंत्र रचते रहते

थे। मगर श्रीमंत पेशवा पर देवी का इतना अधिक प्रभाव था कि उनके विरोधियों के षड्यंत्र कभी भी सफल नहीं हो सके।

श्रीमंत माधवराव पेशवा के मन में देवी के प्रति बहुत आदर, सम्मान तथा श्रद्धा थी। अपने लिखे पत्रों में वह उन्हें बहुत आदर से संबोधित करते थे तथा राजनीतिक मामलों में कई बार उनसे सलाह भी लेते थे।

अपने समीप के राज्यों के साथ देवी के बहुत मधुर संबंध थे। चंद्रावत विद्रोह प्रकरण को छोड़ दें तो पड़ोसी राज्यों के साथ उनके शासनकाल में कभी भी युद्ध का अवसर नहीं आया। विस्तार की आकंक्षा से उनहोंने कभी भी पड़ोसी राज्यों पर आक्रमण नहीं किया। उनकी विशाल सैन्य शक्ति के कारण दूसरे राज्यों ने भी उनपर आक्रमण करने का कभी साहस नहीं किया। इसलिए उनके राज्य में हमेशा शांति और अमन-चैन का वातावरण बना रहा।

पड़ोसी राज्यों के साथ शांति, न्याय, समता-मैत्री तथा सह-अस्तित्व उनकी परराज्य-नीति के प्रमुख सिद्धांत थे। पड़ोसी राज्यों में किसी प्रशासकीय अथवा राजनीतिक समस्या उत्पन्न होने पर वहाँ के शासक विश्वास के साथ मार्गदर्शन के लिए देवी के पास आते थे तथा देवी अहिल्या भी उन्हें सही सलाह देने के लिए सदैव तत्पर रहती थीं।

तत्कालीन भारत के लगभग सभी छोटे-बड़े राजे-रजवाड़ों, नवाब-निजामों के साथ भी उनके आत्मीय संबंध थे। वे सभी देवी के प्रति बहुत श्रद्धा तथा आदर की भावना रखते थे। यहाँ तक कि दिल्ली का बादशाह, बीजापुर का निजाम और कर्नाटक का टीपू सुल्तान भी उनसे प्रभावित थे तथा उनका बहुत सम्मान करते थे।

ग्वालियर के महादजी सिंधिया उन दिनों उत्तर भारत में प्रभावी शक्ति स्वरूप थे। वे बहुत शक्तिशाली सेनानायक तथा कूटनीतिज्ञ थे। उत्तर भारत में मराठा साम्राज्य के वे प्रमुख स्तंभ माने जाते थे। मगर कूटनीति की बिसात पर देवी कई बार उनपर भी भारी पड़ चुकी थीं। इसके बावजूद वे सदा देवी को बहुत आदर तथा सम्मान देते थे और उन्हें 'मातुश्री' कहकर

ही संबोधित करते थे।

देवी अहिल्या के शासनकाल में अंग्रेज भारत में अपने पैर जमा रहे थे। देवी अपनी दूरदृष्टि के कारण यह जानती थीं कि ये गोरे विदेशी यदि समय पर देश से खदेड़े नहीं गए तो आगे चलकर बड़ी परेशानी खड़ी करेंगे। अपने एक पत्र में अपनी यह भावना स्पष्ट शब्दों में व्यक्त करते हुए उन्होंने कहा था—"अंग्रेजों ने चारों ओर से अपना प्रसार करने की योजना बनाई है। कहीं दो तो कहीं तीन पलटनें खड़ी कर वे अपना सिर उठा रहे हैं। ऐसी स्थिति में उनकी शक्ति और बढ़ने के पूर्व ही उन्हें जहाँ के तहाँ समाप्त कर दिया जाना चाहिए, जिससे वे दहशत में पड़ जाएँ और पुनः आगे बढ़ने का प्रयास न कर सकें। मराठे, निजाम, नवाब—सभी को मिलकर अंग्रेजों को खत्म करना चाहिए।"

अंग्रेजों के देश में प्रभावी होने के पूर्व ही देवी द्वारा किए गए उनके आकलन से उनकी दूरदर्शिता तथा कूटनीतिक समझ का प्रमाण मिलता है।

□

: २३ :

देवी अहिल्या का व्यक्तित्व

लोकमाता देवी अहिल्या का जन्म एक साधारण परिवार में हुआ था। तत्कालीन परंपरा के अनुसार स्त्री होने के कारण उन्हें वे सब सुविधाएँ भी उपलब्ध नहीं थीं, जो सामान्य लोगों को उपलब्ध हुआ करती हैं। ऐसी प्रतिकूल परिस्थिति में पली-बढ़ी होने के बाद भी उन्होंने अपने आदर्श जीवन तथा अतुलनीय कार्यों के द्वारा जगत् में जो स्थान प्राप्त किया उसकी विश्व के इतिहास में दूसरी मिसाल नहीं है।

देवी अहिल्या देखने में बहुत सुंदर नहीं थीं। उनका रंग भी साँवला था। उनका शरीर सुडौल, कद मध्यम आकार का, केश काले, लंबे तथा घने, ललाट भव्य, भौंहें लंबी तथा आँखें विशाल थीं। उनका चेहरा उनके पवित्र और निर्मल हृदय का प्रतिबिंब दिखाई देता था। अलौकिक तेज के कारण वे साक्षात् देवी-स्वरूपा दिखाई देती थीं। कठोर परिश्रम, नियमित जीवन तथा सात्त्विक आहार के कारण उनका शरीर चुस्त तथा कार्यक्षम बना हुआ था।

उनका रहन-सहन और वेशभूषा सरल तथा आडंबरहीन थी। पति के देहांत के पश्चात् उन्होंने आभूषण तथा रंगीन वस्त्र पहनने बंद कर दिए थे। सदैव सफेद साड़ी पहनती थीं। उन दिनों राजपरिवारों की स्त्रियों में परदा प्रथा तथा अन्य आडंबर बहुत प्रचलित थे; मगर देवी किसी भी परंपरा को आँखें मूँदकर माननेवालों में नहीं थीं। उन्होंने

स्त्रियोचित मर्यादा का पूर्ण पालन करते हुए भी परदा प्रथा से अपने आपको दूर बनाए रखा। कई बार देखा जाता है कि साधारण परिवारों में जन्म लेकर बड़े पदों पर पहुँचनेवाले लोगों में अहं आ जाता है। मगर देवी में वह बात नहीं थी। न ही उनके मन में किसी प्रकार के अभिमान ने ही जन्म लिया था। वे फलों से लदे आम्रवृक्ष की भाँति थीं, जिसकी शीतल छाया मनुष्यमात्र को असीम सुख-शांति प्रदान करती है। वे उस तुलसी के पौधे की भाँति थीं, जिसका पत्ता-पत्ता मनुष्यता की भलाई के लिए स्वयं को न्योछावर कर देता है। उनका व्यक्तित्व पवित्रता, विद्वत्ता तथा आध्यात्मिक तेज से सदैव आलोकित रहता था। प्रजा के साथ उनका व्यवहार शासक की भाँति न होकर सदैव ममतामयी माँ की भाँति रहता था। छोटा-बड़ा, गरीब-अमीर, राजा-रंक—सबके लिए उनके हृदय के द्वार सदा ही समान रूप से खुले रहते थे। उनके मन में किसी के लिए भी कोई भेदभाव नहीं था। सभी के लिए समान स्नेह था। साधारणजनों तथा सेवकों के साथ भी उनका व्यवहार हमेशा आत्मीयतापूर्ण रहता था। उनके महल के सेवक भी सदैव उन्हीं की भोजनशाला में भोजन करते थे। दुष्टों तथा आततायियों के लिए भले ही वे एक कर्तव्य-कठोर शासिका रही हों, मगर सामान्य प्रजाजनों के लिए उनका स्वरूप सदैव एक ममतामयी माँ का ही था।

अन्याय, पाप तथा बुरे कार्यों से उन्हें घृणा थी। प्रजा को अच्छे कार्यों में लगा देख उन्हें संतुष्टि मिलती थी। किसी व्यक्ति द्वारा अपने कर्तव्यपालन में की जानेवाली भूल अथवा जान-बूझकर किए जानेवाले अनैतिक आचरण अथवा अपराध को देखकर वे सात्त्विक संताप से भर उठती थीं। उस समय उनके निकटवर्ती भी उनके सामने जाने से डरते थे। अधर्म, अत्याचार, अन्याय तथा पापाचरण उनके लिए असह्य था। छल-कपट अथवा स्वार्थी षड्यंत्रों का उनके जीवन में कोई स्थान नहीं था।

देवी अहिल्या अपने से बड़ों का सदैव आदर करती थीं; उनके द्वारा यदि कोई अनुचित दबाव डालने का प्रयास किया जाता था तो वे

उसे दृढ़ता से अस्वीकार करने में नहीं चूकती थीं। ग्वालियर के महादजी सिंधिया का वे बहुत सम्मान करती थीं। एक बार किसी रजानीतिक कार्य से वे महेश्वर आए थे। बहुत दिनों तक आदर-आतिथ्य ग्रहण करने के पश्चात् एक दिन उन्होंने साहस करके देवी के समक्ष अपना राजनीतिक उद्देश्य प्रकट किया। देवी उससे सहमत नहीं थीं। उन्होंने साफ इनकार कर दिया

इससे नाराज होकर महादजी ने कहा, "मातुश्री, यह ध्यान में रखिए कि आखिर हम पुरुष हैं। यदि हमारा सहयोग न मिला तो आप परेशानी में पड़ सकती हैं। यदि हम लोग आपके विरुद्ध हो गए तो आपकी स्थिति क्या होगी, यह भी जरा सोच लीजिए।"

महादजी की यह चुनौती सुनकर देवी के क्रोध की सीमा न रही। उन्होंने गरजकर कहा, "महादजी बाबा! तुम जैसे अपने घर की स्त्रियों को सुपारी के टुकड़े के समान मुँह में डालकर गटक जाते हो, वही सलाह तुम तुकोजी को भी दे सकते हो। और यदि हिम्मत हो तो तुम दोनों मिलकर, अपनी फौजें लेकर मुझपर आक्रमण भी कर सकते हो। मगर याद रखो, जिस दिन तुम अपनी सेना लेकर मुझसे लड़ने यहाँ आओगे, तब यदि मैंने भी हाथी बाँधने की साँकल से बँधवाकर तुम्हारा स्वागत नहीं किया तो स्वयं को स्व. सूबेदार मल्हारराव होलकर की बहू नहीं कहलाऊँगी। अपने मन का गुबार तो तुमने निकाल लिया, अब जरा यह करके भी दिखाओ तो मैं भी देखूँगी।"

देवी की खरी-खरी बातें सुनकर महादजी जैसा वीर सेनानी तथा कूटनीतिज्ञ भी अपनी चौकड़ी भूल गया। अपनी कही बातों के लिए लीपा-पोती कर उन्होंने देवी का गुस्सा शांत किया और वहाँ से विदा ली। भविष्य में वे कभी भी देवी के साथ छल-कपट करने का साहस नहीं कर सके।

जहाँ मधु होता है, वहाँ मक्खियों का भिनभिनाना सामान्य बात होती है। राजा-महाराजाओं के दरबार में भी अकसर लालची चाटुकार इकट्ठा होते ही रहते थे, जो उनकी स्तुति करके पुरस्कार पाते रहते थे।

देवी अहिल्या ऐसे चाटुकारों को जरा भी पसंद नहीं करती थीं, न ही उन्हें अपने दरबार में प्रश्रय ही देती थीं। एक बार एक कविराज देवी की प्रशंसा में काव्य लिखकर देवी के दरबार में जा पहुँचे। देवी की अनुमति लेकर उनहोंने अपनी रचना का पाठ प्रारंभ किया। पुस्तक में देवी अहिल्या के गुणों तथा महिमा का काव्यमय वर्णन किया गया था।

देवी थोड़ी देर तो काव्य सुनती रहीं, फिर उन्होंने कवि को बीच में रोककर पूछा, ''पुस्तक में मेरी महिमा के अलावा और भी कुछ है?''

कविराज ने कहा, ''नहीं मातुश्री, इसमें केवल आपकी महिमा का ही वर्णन है।''

यह सुनकर देवी ने कहा, ''बस, बहुत हो गया। रख दो इस पुस्तक को यहाँ।''

कविराज ने पुस्तक वहाँ रख दी। देवी ने सेवकों को बुलाकर पुस्तक को नर्मदा में बहा देने की आज्ञा दी, फिर कविराज से कहा, ''यदि हमारी प्रशंसा में काव्य रचने के बजाय आपने अपनी प्रतिभा का उपयोग ईश्वर के गुणगान में किया होता तो आपका जीवन सार्थक हो जाता।''

यह कहकर देवी ने उसे बिना पुरस्कार दिए लौटा दिया। देवी अहिल्या की कर्मठता तथा कर्तव्यपरायणता अलौकिक थी। राज्य की शासन व्यवस्था तथा प्रजाजनों के कल्याण के लिए वे अहर्निश प्रयत्नशील रहती थीं। दिन-रात, ऋतु-कुऋतु, थकान अथवा बीमारी—किसी भी बात की चिंता किए बगैर वे अपना कार्य संपन्न करती थीं। आलस्य अथवा आरामतलबी उनमें जरा भी नहीं थी। कार्य में शिथिलता उन्हें बिलकुल भी बरदाश्त नहीं होती थी। नियमित जीवन तथा व्यवस्थित कार्य-शैली उनकी विशेषता थी।

स्त्री होने के कारण यदि कोई उन्हें कमजोर समझता तो यह उन्हें सहन नहीं होता था। वे चुनौती देनेवाले को साहस के साथ ललकारती थीं और उसे मात देकर अपनी श्रेष्ठता सिद्ध कर देती थीं। उस काल के नामी-गिरामी राजपुरुषों को रणभूमि, राजनीति और कूटनीति की बिसात

पर देवी के समक्ष नतमस्तक होकर उनकी श्रेष्ठता स्वीकार करनी पड़ी थी। स्त्रियों में ही नहीं, पुरुषों में भी उनके समय में कोई ऐसा व्यक्ति नहीं था, जिसकी देवी अहिल्या के बहुआयामी व्यक्तित्व के किसी भी आयाम से तुलना की जा सके। देवी का व्यक्तित्व हिमालय की भाँति उत्तुंग और अतुलनीय था।

□

: २४ :

देवी अहिल्या की दिनचर्या

देवी अहिल्या एक विशाल और समृद्ध राज्य की स्वामिनी थीं। यदि वे चाहतीं तो सारे सुख उनके समक्ष हाथ जोड़े खड़े रह सकते थे। मगर देवी ने सारे सुखों का त्याग कर केवल कर्तव्यपालन और दीन-दु:खियों की सेवा को ही अपना ध्येय बना लिया था। उनका जीवन निष्काम कर्मयोग का आदर्श उदाहरण है। किसी संन्यासिनी की भाँति वैराग्य धारण कर भौतिक सुखों का त्याग करते हुए उन्होंने अपना जीवन प्रजा रूपी जनता-जनार्दन की सेवा में बिताया।

वे प्रतिदिन सूर्योदय से एक घंटा पूर्व ही शय्या त्याग देती थीं। प्रात:काल नर्मदा के घाट पर जाकर स्नान करतीं। उसके पश्चात् पूजा तथा स्वाध्याय करतीं और फिर विद्वान् ब्राह्मणों से रामायण, महाभारत, वेद, उपनिषद् अथवा पुराण श्रवण करतीं। धर्मशास्त्रों के अधिकारी विद्वान्, वयोवृद्ध पंडित, अंबादास पुराणिक उन्हें प्रतिदिन धर्मग्रंथ पढ़कर सुनाते तथा उनपर देवी के साथ चर्चा भी करते थे। अस्वस्थ होने पर भी देवी इस क्रम को खंडित नहीं होने देती थीं। धर्मग्रंथों के श्रवण के पश्चात् देवी दान-धर्म करती थीं। ब्राह्मणों, भिक्षुकों, गरीबों और असहायों को अन्न-वस्त्र और रुपयों का दान किया जाता। सभी आगंतुकों को आदर सहित भोजन कराया जाता। देवी उस समय यह देख लेती थीं कि उनके महल में उपस्थितों में कोई भूखा तो नहीं है। जब वे देख लेती थीं कि

वहाँ कोई भी भूखा नहीं बचा है तो फिर वे स्वयं भोजन करने बैठती थीं। उनका भोजन पूर्णतया सात्त्विक तथा शाकाहारी होता था। उनके समाज तथा परिवार में भी मांसाहार चलता था; मगर उन्होंने अपने जीवन में कभी भी मांसाहार नहीं किया। देवी दिन में केवल एक बार मध्याह्न में भोजन करती थीं। शाम को भोजन न करते हुए वे केवल थोड़ा फलाहार ही करती थीं।

उनकी पाकशाला तथा भंडारगृह बहुत बड़ा था। सुयोग्य कर्मचारी वहाँ कार्य करते थे। देवी के अतिरिक्त राजवंश के सदस्य, निमंत्रित अतिथि, पूजा-पाठ करनेवाले ब्राह्मण तथा विद्वान् पंडित, राजभवन के कर्मचारी तथा सेवक—कुल मिलाकर कोई तीन-साढ़े तीन सौ लोग प्रतिदिन वहाँ भोजन करते थे। भोजन के पश्चात् वे थोड़ी देर विश्राम करती थीं, फिर दरबार में जाती थीं तथा वहाँ बैठकर राजकाज देखती थीं। शाम छह बजे तक राज्य की विविध समस्याओं तथा दरबार में शिकायत लेकर आनेवाले प्रजाजनों की शिकायतों पर विचार कर वे तत्संबंधी निर्णय लेकर अधिकारियों को आदेश देती थीं।

संध्या समय देवी पुनः अपने पूजागृह में जाकर लगभग दो घंटे ईश्वर आराधना तथा स्वाध्याय में व्यतीत करती थीं। उसके पश्चात् वे रात्रि नौ बजे के लगभग पुनः राजदरबार में जाती थीं तथा देर रात तक वहाँ बैठकर शासकीय कार्य निपटाती थीं। इस दौरान वे उन्हें आनेवाले शासकीय पत्रों को सुनतीं तथा अपनी ओर से उनके उत्तर भी लिखवाती थीं। दिन भर के कार्य पूरे होने के बाद ही वे सोने जाती थीं।

सामान्यतया उनकी यह दिनचर्या नियमित रूप से इसी प्रकार चलती रहती थी। यदि किसी दिन कोई विशिष्ट कार्य हो; व्रत, पूजा अथवा पर्व उत्सव हो तो उनकी दिनचर्या में तात्कालिक थोड़ा परिवर्तन होता था; मगर दिन भर के शासकीय कार्यों को वे अनिवार्य रूप से उसी दिन पूर्ण करती थीं। यदि कभी वे अस्वस्थ होतीं तो अपनी शय्या पर बैठकर ही शासकीय कार्य निपटातीं और अधिकारियों को तत्संबंधी आदेश देती थीं।

प्रातःकाल सूर्योदय के भी पहले उठकर, ईश्वर का नाम स्मरण कर

वे अपनी दिनचर्या प्रारंभ करतीं तथा देर रात तक कठोर परिश्रम करते हुए किसी राजयोगी की भाँति अपने कर्तव्य पूर्ण करतीं। उनकी धारणा थी कि ईश्वर ने उन्हें यह काया तथा जीवन कर्तव्य पूर्ण करने के लिए दिया है, व्यर्थ गँवाने के लिए नहीं, इसीलिए अपने जीवन का प्रत्येक पल वे अपने कर्तव्य की पूर्ति के लिए ही खर्च करती थीं।

अपने अंतिम दिनों में गिरते स्वास्थ्य के बावजूद भी वे कितना परिश्रम करती थीं, यह उनके देहांत के मात्र छह माह पूर्व महेश्वर स्थित श्रीमंत पेशवा के वकील द्वारा पेशवा को लिखे गए पत्र से स्पष्ट होता है। वे लिखते हैं—'मातुश्री अहिल्याबाई सायंकाल का स्नान करने के पश्चात् जाप कर रही थीं। खबर पाकर उत्तर दिया कि भोजन के पश्चात् पत्र सुनूँगी। वह दिन ग्रहण का दूसरा दिन था। दान करते हुए वे बहुत थक गई थीं। दिन भर का उपवास भी था। रात्रि के भोजन के बाद उन्होंने कचहरी की। उसके समाप्त होने पर वे अपने बिस्तर पर बैठ गईं तथा मंत्री राजेश्री विनायक बाजीराव तथा बालाजी कृष्ण को बुलवाकर उनसे उस दिन प्राप्त सभी पत्रों को सुना।

'...उसी समय सवा प्रहर रात तक बैठकर उन्होंने घाट तथा नाकों के विभिन्न कमाविसदारों को पत्र लिखे तथा उन्हें तत्काल रवाना किया। जो आस-पास रहते थे, उन्हें प्रत्यक्ष रूप से बुलवाकर उन्होंने आदेश दिए तथा प्रबंध किया। उत्तर-दक्षिण के पहाड़ों के घाटों, नाकों, चौकियों, नर्मदा के दोनों तटों के नावघाटों और नेमावर तक के नदी पार करने के समस्त पैदल रास्तों का कुल प्रबंध किया। राजेश्री रघुनाथ पंत को बुरहानपुर पत्र लिखा। वहाँ के कमाविसदार, जमींदार तथा भू-स्वामियों को पत्र लिखकर प्रबंध करने के आदेश दिए।'

इस पत्र से स्पष्ट होता है कि अपने अंतिम समय में भी जब देवी शारीरिक और मानसिक, दोनों ही दृष्टि से बहुत थक चुकी थीं, किस प्रकार देर रात तक बैठकर अपना राजकाज निपटाती थीं।

□

: २५ :

देवी अहिल्या : विद्वानों की दृष्टि में

अपने कर्तव्य तथा व्यवहार से देवी अहिल्या अपने जीवनकाल में ही देश भर में जीवित किंवदंती बन चुकी थीं। उनकी धर्म-परायणता, न्यायप्रियता, कुशल प्रशासन, दान-धर्म, निर्माण कार्य, शौर्य, निस्पृहता, प्रजा-वात्सल्य आदि गुणों ने उन्हें सारे देश में आदर्श शासक के रूप में लोक-मान्यता प्रदान की थी। प्रजा उन्हें पुण्यश्लोक, लोकमाता के रूप में पूजती थी। देश-विदेश के लोग उनके महान् व्यक्तित्व के गुण गाते नहीं अघाते थे।

देवी के समकालीन प्रसिद्ध संस्कृत कवि खुशालीराम ने उनके बारे में लिखा है—

तस्यैसा कुल दक्षिणी कुलपतेर्मल्लारिरावस्य वै।
धर्मिष्ठार्थकरी स्नुषा शुभमती स्तुत्यात्व हल्यामिधा॥
खंडेराव-वधू सती प्रियगुणा यत्पारलोके हितं।
नित्यं वैष्णव सदव्रतं गुणवती पुर्वं यथाकुर्वती॥

—अर्थात् मल्हारराव की यह कुलवधू विचारशील, धर्मात्मा अहिल्याबाई खंडेराव की धर्मपत्नी थीं। वह बहुत ही गुणवती थीं तथा परलोक-हितार्थ नित्य धार्मिक कार्यों में लगी रहती थीं।

कवि खुशालीराम आगे लिखते हैं—

नित्यं सा ददाति दानं देव ब्राह्मण पूजकान।
कालं व्यत्येति सा सम्यक् धर्ममार्ग परायणा॥

—अर्थात् वे सदा देव, ब्राह्मण तथा पुजारियों को दान देती थीं और धर्मकार्य में परायण रहकर अपना समय बिताती थीं।

कवि खुशालीराम यह भी लिखते हैं—

कुरुक्षेत्र तीर्थे तुलादानमेयं।
सुवर्णात्मरौप्यादिकं बार-बारं॥
अहिल्याऽपिसा संददौ दानशीला।
धरा देव ताम्यो गुणज्ञानशीला॥

—अर्थात् कुरुक्षेत्र में उन्होंने अनेक बार स्वर्ण तथा चाँदी का तुलादान भी किया। गुण-ज्ञान तथा शील-संपन्न अहिल्याबाई ने ब्राह्मणों को भी बहुत दान दिए।

उन्होंने यह भी लिखा है—

देशेदेशेच नित्यं बहुविधममितो दानमन्नस्य सम्यक्।
पक्वा पक्वं ददत्याः परमपि बहुधा दानमर्थानुरूपम्॥
दारिद्र्यं याचकानां बहुविधमपियन्निर्गतं तत्प्रसंगात।
वाच्छापूर्णवभू वुरथ शरण गतानां हल्या भिधा या॥

—अर्थात् अहिल्याबाई ने देश-देश में अनेक प्रकार के अन्नदान किए। याचकों की याचना पूर्ण कीं और जो कोई शरण में आया, उसकी इच्छा पूर्ण की।

कवि मोरोपंत मराठी के प्रसिद्ध कवि थे। महाराष्ट्र में उन दिनों उनके स्तर का दूसरा कवि नहीं था। मोरोपंत जब तीर्थयात्रा के लिए सन् १७९० में उत्तर भारत में गए तो स्थान-स्थान के तीर्थस्थानों पर देवी अहिल्या द्वारा बनवाए गए घाट, धर्मशाला तथा अन्नक्षेत्र देखकर इतने प्रभावित हुए कि वापस लौटते समय देवी के दर्शनों के लिए विशेष रूप

से महेश्वर गए।

तीर्थयात्रा के समय गंगास्नान करते हुए मोरोपंत के मुँह से अनायास ये काव्य पंक्तियाँ प्रस्फुटित हुई थीं—

देवी! अहिल्याबाई यावी भेटावयास सत्वर ती।
तू पुण्य कीर्ति हे ही गंगे दोघी जणी ही सत्वर ती॥

—अर्थात् हे गंगे! मैं अहिल्याबाई के दर्शन करूँगा। जैसे तुम संसार में प्रसिद्ध हो, उसी तरह वे भी हैं; क्योंकि तुम दोनों से संसार का उपकार होता है।

मोरोपंत की विद्वत्ता से देवी भी भलीभाँति परिचित थीं, इसलिए उनके महेश्वर आगमन पर देवी द्वारा उनका भव्य स्वागत तथा आदर-आतिथ्य किया गया। मोरोपंत भी देवी के दर्शनों से भावविभोर हो गए। कई दिनों तक महेश्वर में रहकर मोरोपंत ने देवी की कार्य-शैली का समीप से अध्ययन किया। पूना लौटने के उपरांत मोरोपंत ने देवी अहिल्या पर काव्य-रचना की, जिसकी बानगी इस प्रकार है—

श्री हरिहर भक्ता तूँ देवी अहिल्ये वरा धरा भूषा।
पूषा तुज साधु म्हणे ख्याता तुज सम न वाण तनू भूषा॥ १॥
देवी अहिल्याबाई! झालीस जगत्रयात तू धन्या।
न न्याय धर्म निरता अन्या कलिमाजी ऐकिली कन्या॥ २॥
धर्मार्थ गोत्र जन्या किंवा झालीस तू धरा जन्या।
तुज देवी भेटली जी सत्कीर्ति कधीच हे न राजन्या॥ ३॥
जाणे धर्म करीना त्यास स्तवितो कोण पंडित मन्या।
न न्याय-धर्म-निरता अन्या कलिमाजी ऐकिली कन्या॥ ४॥
न त्यजिसि नर्मदेते देवी! तुझी ती बहुप्रिया आली।
गंगेची हि सखी हो की उभय मनात सत्क्रिया आली॥ ५॥
श्री विष्णुपदा! स्तविली त्वद् भक्ता हे तुला ही मानावे।
विश्व जिला वानिते का न मयूरेहि तीस वानावे॥ ६॥

अर्थात्—

१. हे देवी अहिल्या! आप हरिहर की परम भक्त हैं। अपनी भक्ति से आप पृथ्वी का श्रेष्ठ आभूषण बन चुकी हैं। सूर्य भी आपकी प्रशंसा करता है। बाण की पुत्री भी आपके समान प्रसिद्ध नहीं है।

२. हे महा माननीय देवी! आप तीनों लोकों में धन्य हैं। इस कलियुग में आपके समान न्यायी और धर्मपरायण नारी दूसरी नहीं हुई।

३. धर्मकार्य करने के लिए ही आपका जन्म हुआ है। आप संभवत: पार्वती अथवा सीता का अवतार हैं। किसी भी राजा को आपके समान सत्कीर्ति प्राप्त नहीं हुई है।

४. विद्वानों द्वारा प्रशंसित मनुष्यों में ऐसा कौन है, जो धार्मिक कार्य नहीं करता है? हे देवी! इस कलियुग में आपके समान न्याय और धर्म कार्यों में रत दूसरी कोई स्त्री सुनाई नहीं देती।

५. आप नर्मदा को कभी नहीं छोड़तीं, क्योंकि वह आपको बहुत प्रिय है। आप दोनों ही पवित्र गंगा की सखियाँ हो, क्योंकि सत्कार्य करने की इच्छा आप दोनों के मन में सदा रहती है।

६. हे विष्णुपद! अहिल्याबाई तुम्हारी एक परमभक्त महिला हैं। तुम्हें यह सुनकर बड़ी प्रसन्नता होगी कि सब लोग उसकी प्रशंसा करते हैं और जब सारा विश्व उनकी स्तुति कर रहा है तो यह मयूर (मोरोपंत) उनका गुणानुवाद क्यों न करे?

मराठी साहित्य जगत् के एक अन्य सितारे कवि प्रभाकर भी उनकी प्रशंसा करते हैं—

सति धन्य धन्य कलियुगी अहिल्याबाई।
गेली कीर्ति करुनिया भूमंडळा चे ठायी॥
महाराज अहिल्याबाई पुण्य प्राणी।
संपूर्ण स्त्रियांमधि श्रेष्ठ रत्न खाणी॥
दर्शने मोठ्या पांपाची होईल हानी।
झडतात रोग दोषांची होईल हानी॥

वर्णिती कीर्ति गातात संत ते गाणी।
झाली दैववशे ती होलकराची राणी॥

—अर्थात् कलियुग में सती अहिल्याबाई धन्य हैं। उन्होंने जगत् में बहुत कीर्ति प्राप्त की है। पुण्यवान् अहिल्याबाई संपूर्ण स्त्रियों में श्रेष्ठ रत्न हैं। उनके दर्शन मात्र से बड़े पाप नष्ट होते हैं तथा रोग और दोष समाप्त होते हैं। संत लोग होलकरों की इस रानी की कीर्ति के गीत गाते हैं।

स्कॉटलैंड निवासी प्रसिद्ध अंग्रेज कवयित्री जोना बेली देवी अहिल्या की समकालीन थीं। देवी के कार्यों और शासन-प्रणाली का उसने गहराई से अध्ययन किया था। देवी के व्यक्तित्व पर उसने एक महाकाव्य की रचना की है। इस महाकाव्य में उसने देवी के गुणों का सुंदर वर्णन किया है। बानगी के रूप में उनकी निम्न काव्य पंक्तियाँ देखें—

For thirty years her reign of peace
the land in blessings did increase
and she was blessed by every toungue
by stern and gentle, ... old and young.

—अर्थात् उन्होंने तीस वर्ष तक शांतिपूर्वक राज्य किया। उनके समय में राज्य का ऐश्वर्य बढ़ता ही गया। सभ्य और असभ्य, बूढ़े और जवान सभी उनकी मुक्तकंठ से प्रशंसा करते थे।

प्रसिद्ध इतिहासकार तथा ईस्ट इंडिया कंपनी के मध्य भारत स्थित पॉलिटिकल एजेंट सर जॉन मालकम देवी के निर्धन के कुछ ही वर्षों के बाद मध्य भारत में आए। उन्होंने महेश्वर जाकर भारमल दादा सहित देवी के अनेक सहयोगियों से भेंट की तथा देवी के कार्यों को समझा। 'Memoir of central India' नामक अपनी पुस्तक में देवी की प्रशंसा करते हुए सर मालकम कहते हैं—'अहिल्याबाई का चरित्र विमल तथा शासन अत्यंत प्रशंसनीय था। उनका जीवन इस बात को स्पष्ट करता है कि जगन्नियंता के प्रति भक्ति रखकर कर्तव्यपरायण होने से मनुष्य को कितना व्यावहारिक लाभ होता है।'

भारत के तत्कालीन वाइसराय लॉर्ड एडनबरो ने प्रथम अफगान युद्ध के पश्चात् इंदौर के महाराज हरिराव होलकर को लिखे अपने पत्र में देवी अहिल्या की महानता का वर्णन करते हुए उन्हें सर्वश्रेष्ठ आदर्श तथा महान् शासिका बताया था। मराठी साहित्यकार पं. कृष्ण शास्त्री चिपलूणकर ने देवी अहिल्या के बारे में लिखा है—'परस्पर विरोधी जो गुण हैं, सब देवी अहिल्या के चरित्र में पाए जाते हैं। वे स्त्री थीं, मगर टीप-टॉप रहने की बुद्धि उनमें कभी उत्पन्न नहीं हुई। स्वधर्म पर अटूट प्रेम होने पर भी विधर्मियों के साथ उन्होंने कभी द्वेष नहीं किया। युवावस्था में ही विधवा हो जाने पर भी उन्होंने पूरी निष्ठा से पतिव्रत धर्म का पालन किया। अपार संपत्ति की स्वामिनी होते हुए भी उन्होंने एक तपस्विनी के समान जीवन बिताया। विशाल राज्य की स्वामिनी होकर तथा पूर्ण योग्यता से उसे संचालित करते हुए भी उनमें कभी लेशमात्र भी अहंकार उत्पन्न नहीं हुआ। वे सदैव ईश्वर का भय प्रत्यक्ष रखती थीं। स्वयं के अत्यंत निर्मल तथा शुद्ध मन की होते हुए भी उन्होंने दूसरों के दोषों को तिरस्कार भाव से नहीं देखा, वरन् सदैव उनके दोष सुधारने का प्रयास किया। इससे ऐसा प्रतीत होता है कि अहिल्याबाई मनुष्य के रूप में किसी देवी का अवतार थीं।'

रायबहादुर चिंतामणि विनायक वैद्य दक्षिण के प्रसिद्ध इतिहासकार रहे हैं। उन्होंने प्रसिद्ध मराठी पत्रिका 'विविध ज्ञान विस्तार' में लिखे अपने एक लेख में देवी अहिल्या के संबंध में लिखा था—'यह लोकोत्तर स्त्री अपने अनेक सद्गुणों के कारण महाराष्ट्र के लिए ही नहीं वरन् समूची मानवजाति के लिए भूषण रूप हुई है। उसकी बुद्धिमत्ता इतनी व्यापक थी कि वह प्रत्येक कार्य में सावधान और दक्ष थी। उसकी धर्मशीलता इतनी उदात्त थी कि धर्म और नीति के प्रत्येक क्षेत्र में उसने अपना नाम अजर-अमर कर लिया है। उसका दान-धर्म इतना प्रचंड था कि वैसा दान-धर्म इतना प्रचंड था कि वैसा दान-धर्म आज तक हिंदुस्तान में किसी ने किया ही नहीं। उसका न्याय इतना शुद्ध होता था कि चोर और साहूकार दोनों ही उसको आशीर्वाद देते थे। उसकी लीनता, अंतर्मूखता

इतनी विलक्षण थी कि वह किसी को अपनी प्रशंसा करने ही न देती थी। उसकी धाक भी इतनी कड़ी थी कि उसके हुक्म के बिना किसी ने कुछ किया हो अथवा किसी के द्वारा उसका निरादर हुआ हो, ऐसा कभी हुआ ही नहीं। मराठा साम्राज्य की सत्ता के प्रति उसमें इतनी पूज्य बुद्धि थी कि उसने सदा उसका समर्थन ही किया। अपने बराबरी के सरदारों के प्रति उसका प्रेम इतना निर्मत्सर था कि उसने सदा उनके कल्याण की ही कामना की। उसकी निर्लोभता इतनी विशाल थी कि उसने न तो कभी परराज्य की इच्छा की, न अपनी प्रजा से अथवा अधिकारियों से अन्यायपूर्ण कुछ लिया। उसकी भूत-दया इतनी व्यापक थी कि अपने नित्य के व्यवहार में उसने कभी पशु-पक्षियों तक को भी नहीं भुलाया। अपनी प्रजा पर उसका प्रेम इतना था कि वह उसे अपनी संतान मानकर चलती थी।'

प्रसिद्ध इतिहासकार श्री यदुनाथ सरकार ने भी तथ्यों के आधार पर देवी को इतिहास की महान् महिला माना है। देवी के संबंध में उन्होंने लिखा है—'अहिल्याबाई के प्रति मेरा आदर बढ़ गया है। अभी तक केवल एक शासिका, सत्ता व संपत्ति की स्वामिनी होते हुए भी सरल, सात्त्विक जीवन बितानेवाली माता के रूप में मैं उन्हें आदर देता था। उन्होंने कई मंदिर तथा घाट बनवाए तथा बहुत सा धन दान-धर्म में खर्च किया। भूमि तथा गाँव इनाम में दिए। मगर अब उनका एक दूसरा ही स्वरूप मेरे सामने आया है। मूल कागज-पत्रों से यह सिद्ध होता है कि वे प्रथम श्रेणी की राजनीतिज्ञ थीं और इसीलिए उन्होंने इतनी तत्परता से महादजी को सहयोग दिया। यह निस्संकोच कहा जा सकता है कि अहिल्याबाई के आश्रय के बिना महादजी को उत्तर भारत की राजनीति में इतना श्रेष्ठत्व कदापि नहीं मिल सकता था।'

प्रसिद्ध संत आचार्य विनोबा भावे ने देवी अहिल्या के बारे में लिखा है—'अहिल्या देवी वास्तव में न्यायकर्ता थीं। हिंदुस्थान के इतिहास में वह एक बड़ा प्रयोग था, जब राजकार्य की धुरी एक उपासना-परायण, धर्मनिष्ठ स्त्री के हाथ में सौंपी गई थी। जो स्त्रियाँ निवृत्तिनिष्ठ

होती हैं वे राजकार्य भी चला सकती हैं, यह बात प्राय: सोची नहीं जा सकती; मगर मराठों ने ऐसा प्रयोग किया। अहिल्याबाई के हाथ में शासन-सूत्र सौंपा और उन्होंने बहुत अच्छी तरह से राज्य चलाया…।'

'…भारत में हम जहाँ-जहाँ घूमे, वहाँ-वहाँ दूसरे प्रांतवालों से हमने अहिल्याबाई की कीर्ति सुनी। हम पर उसका बहुत प्रभाव पड़ा। शस्त्र-बल से दुनिया को जीतने के प्रयास कइयों ने किए हैं; लेकिन प्रेम से, धर्म-शक्ति से जिन्होंने दुनिया को प्रभावित किया उनमें अहिल्याबाई ही एक ऐसी निकलीं, जो भारत के सब प्रांतों को धर्म, बुद्धि और प्रेम से जीत सकीं। भारत के समूचे ज्ञात इतिहास में भी मैं अहिल्याबाई का स्थान अद्वितीय मानता हूँ।'

देवी अहिल्याबाई के समकालीन शासक हैदराबाद के निजाम ने देवी के नवासे नथ्याबा के निधन पर उन्हें बड़ी बहन के रूप में संबोधित करते हुए संवेदना-पत्र लिखा था। निजाम ने देवी के संबंध में कहा था—'अहिल्याबाई होलकर के समान न तो महिलाओं में, न ही सत्ताधीशों में निश्चय ही अन्य कोई है। स्व. मल्हारराव द्वारा कमाई गई दौलत का अहिल्याबाई ने उचित विनियोग कर अपना देह ईश्वरार्पण कर दिया। इसमें उनके समान वे ही हैं।'

श्रीमंत माधवराव पेशवा के मंत्री तथा कूटनीतिज्ञ श्री नाना फडणीस ने उनके बारे में कहा था—'दूरदृष्टि तथा कार्य-तत्परता में देवी अहिल्याबाई से बढ़कर तो क्या, उनके समान भी दूसरा कोई नहीं है।'

□

: २६ :

स्त्री सामर्थ्य की प्रतीक : देवी अहिल्या

भारतीय संस्कृति में स्त्री को शक्ति का प्रतीक माना गया है। हमारी भाषा में शक्ति संज्ञा भी स्त्रीवाचक है। हमारे पुराण स्त्रीशक्ति के उदाहरणों से भरे पड़े हैं। प्राचीनकाल में जब हमारे बड़े-बड़े योद्धा अपने शत्रुओं के समक्ष स्वयं को कमजोर महसूस करते थे तब वे शक्ति की आराधना करते थे, और शक्ति कभी दुर्गा तो कभी काली बनकर असुरों का संहार करती थी। भगवान् राम ने भी रावण से युद्ध के पूर्व शक्ति की आराधना की थी और उसके आशीर्वाद से ही रावण पर विजय प्राप्त की थी।

स्त्रीशक्ति के इसी स्वरूप के कारण प्राचीन भारत में स्त्रियों को समाज में बहुत आदर तथा सम्मान का स्थान प्राप्त था। मध्य युग में विदेशी आक्रमणों के बाद हमारी संस्कृति विदेशी सांस्कृतिक प्रदूषण की शिकार हुई तथा हमारे समाज में भी स्त्रियों की स्थिति शनैः-शनैः गिरती चली गई। स्थिति यहाँ तक बिगड़ गई कि शक्ति की पर्यायवाची स्त्री हमारे ही देश में अबला कहलाई जाने लगी। उसकी सुरक्षा तथा सम्मान की रक्षा के लिए पुरुष-प्रधान समाज में परदा प्रथा, सती प्रथा तथा बाल विवाह जैसी क्रूर रूढ़ियों ने जन्म लिया और समय के साथ शक्ति की पर्याय स्त्री अपने ही देश में 'अबला जीवन हाय तुम्हारी यही कहानी, आँचल में है दूध और आँखों में पानी' के स्तर पर ला खड़ी की गई।

परिस्थितियों के कारण समाज में सामान्य स्त्री की स्थिति भले ही

कमजोर हुई हो, मगर देश में स्त्रीत्व का तेज अभी भी पूर्णतया लुप्त नहीं हुआ है। विपरीत परिस्थितियों में भी भारतीय स्त्रियों ने बार-बार अपने अलौकिक तेज तथा शक्ति की चमक से विश्व को आलोकित तथा चमत्कृत किया है। लक्ष्मीबाई, जीजाबाई, मीराबाई, दुर्गावती, कण्णगी तथा चेन्नमा और निवेदिता के रूप में आधुनिक काल में अपने विभिन्न रूपों में स्त्रीशक्ति ने समाज को न केवल प्रभावित किया है, वरन् नई दिशा भी दी है। देवी अहिल्याबाई को आधुनिक भारत की स्त्रीशक्ति और सामर्थ्य का पूर्णावतार कहा जाना अतिशयोक्ति नहीं होगी। अपने इसी असाधारण सामर्थ्य के कारण अत्यंत सामान्य कुल में जन्म लेकर भी अपने असाधारण कर्तव्य से देवी अहिल्या अपने जीवनकाल में ही माता, सती तथा देवी के रूप में जन-जन में पूजनीय बन गई थीं।

देवी अहिल्याबाई का व्यक्तित्व बहुआयामी था। उनमें जितने सद्‌गुण थे वे शायद ही किसी एक व्यक्ति में एक साथ दृष्टिगोचर होते हों। यदि कोई शासक धर्म-परायण होता है तो उसमें राजनीतिज्ञता तथा सुयोग्य प्रशासक के गुण भी हों, यह कम होता है। यदि वह वीर तथा शक्तिशाली है तो उसमें नम्रता तथा दयालुता मुश्किल से दिखाई देती है। यदि वह वैभवशाली है तो उसमें चरित्र तथा त्याग-भावना भी हो, यह जरूरी नहीं। यदि वह न्याय-परायण है तो कला-संस्कृति के विकास के लिए प्रतिबद्ध भी हो, यह भी जरूरी नहीं तथा यदि वह शांति और सद्‌भाव के मार्ग पर चल रहा हो तो वह महान् दानवीर भी हो, यह आवश्यक नहीं। मगर देवी अहिल्या के जीवन में ये सभी विशेषताएँ एक साथ दृष्टिगोचर होती हैं। इसीलिए वह भारतीय स्त्रीशक्ति और सामर्थ्य का जाज्वल्यमान् प्रतीक दिखाई देती हैं।

भारतीय स्त्री की विशेषताओं में उसका आंतरिक मनोबल, धर्म-परायणता, ममता, त्याग-भावना, कला तथा संस्कृति प्रेम कमोबेश प्रत्येक स्त्री में दिखाई देता है। ये सब गुण तो देवी में थे ही, प्रशासकीय योग्यता, वीरता युद्ध-कौशल, कूटनीतिज्ञता, न्याय-परायणता, दानशीलता आदि विभिन्न गुण भी उनमें प्रचुर मात्रा में थे। इसीलिए वह किसी भी

अन्य शासक की तुलना में श्रेष्ठ दिखाई देती हैं।

उनका जीवन जितना संघर्षमय तथा कष्टमय रहा उतना बिरलों का ही रहा होगा। एक के बाद एक दु:खों के दैवी आघात उनपर हुए। उनके सभी परिवारजन उनकी आँखों के सामने ही इहलोक त्याग गए थे। उनके निकटवर्ती लोगों तथा समाज के तथाकथित ठेकेदारों ने उनकी राह में निरंतर काँटे बिछाए। मगर देवी ने अपनी आंतरिक शक्ति के बल पर प्रत्येक चुनौती का सक्षमतापूर्वक तेजस्विता के साथ मुकाबला किया। वे परिस्थितियों के समक्ष झुकी नहीं, डरी नहीं, टूटी भी नहीं। प्रत्येक संकट और चुनौती को उन्होंने अपनी योग्यता तथा शक्ति के द्वारा पराजित किया। अपने आस-पास छाए अँधेरे को कोसने के बजाय उन्होंने स्वयं के आंतरिक तेज से अपने अलौकिक जीवन-दीप को प्रज्वलित कर न केवल समाज में व्याप्त तम को दूर किया, वरन् अपने राज्य के प्रजाजनों को शाश्वत सुख का दिव्य प्रकाश भी प्रदान किया।

तत्कालीन समाज में स्त्रियों की स्थिति के गौण होते हुए भी, उन्हें उन्नति के मार्ग सुलभ न होते हुए भी, पुरुष-प्रधान समाज द्वारा उनके मार्ग में बधाएँ खड़ी किए जाने के बावजूद देवी द्वारा अपनी शक्ति तथा सामर्थ्य के बल पर विपरीत परिस्थितियों को मात करते हुए, अपने अलौकिक कर्तृत्व के द्वारा एक आदर्श तथा लोक-कल्याणकारी राज्य की स्थापना की गई। वह स्त्री शक्ति और सामर्थ्य का अद्‌भुत प्रतीक है।

महान् दार्शनिक प्लेटो ने कहा था, 'जब तक राजकीय प्रभुता तथा दार्शनिकता एक ही व्यक्ति में विद्यमान नहीं होगी तब तक मानवता को उसके वर्तमान दुष्टतापूर्ण दोषों से मुक्त नहीं किया जा सकेगा।'

भीष्माचार्य ने भी आदर्श राजा का वर्णन करते हुए 'महाभारत' के शांतिपर्व में कहा है—

आत्माबांश्च जितक्रोध: शास्त्रार्थ कृत निश्चय: ।
धर्मेचार्थेच कामेच मोक्षेच सततं रत: ॥

—अर्थात् जिसने अपने मन को नियंत्रित किया है, क्रोध को जीता है,

शास्त्रों का अर्थ ठीक से समझा है तथा धर्म, अर्थ, काम व मोक्ष की साधना में जो सदा तत्पर रहता है, वही व्यक्ति राजा बनने योग्य है।

राजा दिलीप, जनक, श्रीराम, श्रीकृष्ण अथवा युधिष्ठिर जैसे पौराणिक राजाओं को छोड़ दें तो आधुनिक इतिहास में हमें किसी भी राजा में उपर्युक्त सभी गुण एक साथ दिखाई नहीं देते। मगर देवी अहिल्या के जीवन को देखने पर हमें उसमें प्लेटो तथा भीष्माचार्य द्वारा वर्णित आदर्श दार्शनिक शासक के सभी गुणों के निर्विवाद दर्शन होते हैं।

विश्व के लंबे इतिहास में इतनी खोजबीन करने के बाद यदि आदर्श दार्शनिक शासक के रूप में हमें केवल एक व्यक्तित्व लोकमाता देवी अहिल्या के रूप में दिखाई देता है तो यह निस्संदेह भारतीय स्त्रियों के लिए गौरव की बात है।

अपने अद्‌भुत गुणों और कर्तव्य से देवी अहिल्या ने अपना नाम देश के इतिहास में स्वर्णाक्षरों में अंकित कर दिया है। उन्हें किसी प्रांत, राज्य अथवा क्षेत्र की सीमाओं में बाँधकर नहीं रखा जा सकता। वे संपूर्ण भारत के लोगों के लिए प्रातः स्मरणीय, पुण्यश्लोक लोकमाता के रूप में पूजनीय बन गई हैं। देश की स्त्री जाति के लिए तो वे विशेष रूप से प्रेरणास्रोत हैं। उनका जीवन समूची मानवता के लिए अमूल्य धरोहर बन गया है।

□

परिशिष्ट

देवी अहिल्याबाई के जीवन की कुछ महत्त्वपूर्ण घटनाएँ—

आयु	घटना	ई. सन्
	चौढ़ी (ताः आष्टी, जि. बीड, महाराष्ट्र) नामक ग्राम में माणकोजी शिंदे के यहाँ जन्म (वैशाख कृष्ण सप्तमी) मराठी पंचांग	३१.५.१७२५
८	मालवा के सूबेदार मल्हारराव होलकर के पुत्र खंडेराव के साथ विवाह	१७३३
२०	पुत्र मालेराव का जन्म	१७४५
२३	कन्या मुक्ताबाई का जन्म	१७४८
२९	कुंभेरी के युद्ध में पति खंडेराव की मृत्यु। अहिल्याबाई का सती होने के लिए तैयार होना; किंतु श्वसुर मल्हारराव द्वारा बार-बार आर्त स्वर में मनाने के कारण सती हो जाने के निश्चय से परावृत्त होना।	२४.३.१७५४
३६	सास गौतमाबाई की मृत्यु	२९.९.१७६१
४१	श्वसुर सूबेदार मल्हारराव होलकर की आलमपुर में मृत्यु।	२५.५.१७६६
	पुत्र मालेराव को सूबेदारी के अधिकार दिलवाना	२३.८.१७६६

४२	पुत्र मालेराव की मृत्यु एवं स्वयं के हाथ में राज्य की बागडोर लेना। एक संबंधी एवं सैनिक अधिकारी तुकोजीराव होलकर को पेशवा की ओर से मालवा की सूबेदारी का अधिकार दिलवाना। पेशवा राघोबा दादा का इंदौर पर आक्रमण एवं बगैर युद्ध के केवल अपनी बौद्धिक कुशलता एवं निडरता के बल पर उसे लौट जाने के लिए बाध्य करना। पुत्री मुक्ताबाई को नत्थोबा नामक पुत्र की प्राप्ति	१७६७
५५	नवासे नथ्योबा का विवाह	१७८०
५९	बंधु शहाजी शिंदे की मृत्यु	१७८४
६१	बंधु महादजी शिंदे की मृत्यु	१७८६
६५	नवासे नथ्योबा की असामयिक मृत्यु एवं उसकी पत्नियों द्वारा उसके साथ सती हो जाना	१५.११.१७९०
६६	जामाता यशवंतराव फणसे की हैजे से अकस्मात् मृत्यु एवं उनकी पात्नियों द्वारा उनके साथ सहगमन	३.११.१७९१
७०	महेश्वर में सावन वदी १ शके १७१७ को जीवन-यात्रा की समाप्ति	१३.८.१७९५

□

देवी अहिल्याबाई द्वारा देश भर में किए गए निर्माण कार्यों की अपूर्ण सूची—

अंबागाँव यहाँ के मंदिरों में रोशनी का प्रबंध किया।

अयोध्या श्रीराम मंदिर बनवाया।

अमरकंटक एक धर्मशाला बनवाई।

आनंद-कानन विश्वेश्वर (ज्योतिर्लिंग के मंदिर का जीर्णोद्धार

करवाया।)

आलमपुर	एक सदाव्रत स्थापित किया। जहाँ मल्हारराव का देहांत हुआ था वहाँ हरिहरेश्वर का एक मंदिर बनवाया और श्वसुर की स्मृति में एक छतरी और उस छतरी के सम्मुख खंडेराव मार्तंड का एक देवालय बनवाया।
उज्जैन	चिंतामणि गणपति का मंदिर बनवाया और महाकालेश्वर के पूजन की व्यवस्था की।
ऋषिकेश	मंदिर बनवाए।
ओंकार (मांधाता)	अमलेश्वर का मंदिर, एक बाग और एक छतरी बनवाई। गौरी सोमनाथ के मंदिर को, जिसे देवी की सास गौतमाबाई ने बनवाना शुरू किया था और जो अधूरा पड़ा था, पूरा किया।
कर्नाटक	गरीबों की सहायता का प्रबंध किया।
काशी	अक्तूबर १७८५ में सुप्रसिद्ध मणिकर्णिका घाट बनवाया। इसके बनाने में लगभग पच्चीस हजार रुपए खर्च हुए थे। इसी वर्ष वहाँ दशाश्वमेध घाट बनवाया। एक नया घाट और भी बनवाया। काशी-विश्वेश्वर के मंदिर का जीर्णोद्धार करवाया। गौतमेश्वर और अहिल्योद्धारकेश्वर नाम के दो विशाल मंदिर बनवाए।
कुरुक्षेत्र	घाट और मंदिर बनवाए।
केदारनाथ	एक धर्मशाला और पानी का एक सुंदर कुंड बनवाया। यह कुंड पर्वत के ऊपर यात्रियों के हितार्थ बनवाया गया था।
कोल्हापुर	मंदिर की पूजा का प्रबंध किया।
गंगोत्तरी	यहाँ विश्वनाथ, केदारनाथ, भैरव और अन्नपूर्णा के चार मंदिर और छह धर्मशालाएँ बनवाईं। इनके अतिरिक्त पहाड़ों के ऊपर की चट्टियों पर कई

	धर्मशालाएँ बनवाईं।
गया	विष्णु-मंदिर का जीर्णोद्धार करवाया। इस मंदिर में काले पत्थर की एक बहुत ही सुंदर मूर्ति है।
चिंचवड़	गरीबों के लिए दान का प्रबंध किया।
चिखलता	इस स्थान पर नर्मदा की परिक्रमा करनेवालों के लिए एक अन्न सत्र है।
चित्रकूट	राम पंचायतन की स्थापना की।
चौंड़ी	यहाँ महादेव का एक मंदिर और एक घाट बनवाया। मंदिर का नाम अहिल्येश्वर है। उसके खर्च के लिए आठ सौ रुपए वार्षिक इंदौर राज्य से दिए जाते हैं।
छोंदी	एक मंदिर बनवाया।
जगन्नाथपुरी	मुख्य मंदिर की पूजा करने के लिए पुजारी को कुछ गाँव धर्मादे में दिए।
जाँवगाँव	रामदास स्वामी के मठ को मदद दी।
जामघाट	एक सुंदर मार्ग द्वार बँधवाया।
जेजूरी	मार्तंड का एक मंदिर बनवाया।
टोंकी	अर्थदान का प्रबंध किया।
तराना	तिलभंडारेश्वर नाम का एक शिव मंदिर बनवाया।
त्र्यंबक	यह स्थान महाराष्ट्र में नासिक से अठारह मील की दूरी पर है। यहाँ पत्थर का बना हुआ एक मनोहर तालाब और दो मंदिर हैं।
देवप्रयाग	यह स्थान हिमालय में गंगोत्तरी के रास्ते पर है। अलकनंदा नाम की एक नदी यहाँ गंगा में मिलती है। यह ग्राम (देवप्रयाग) समुद्र से २,२३६ फीट ऊँचे पहाड़ के पास ही बसा हुआ है। यहाँ अहिल्याबाई का एक सदाव्रत है।
द्वारका	इसे द्वारावती या द्वारिका भी कहते हैं। यहाँ पूजन-अर्चन करने के लिए पुजारी को कुछ गाँव दिए।

दारुकवन	नागेश्वर के मंदिर की पूजा का प्रबंध किया।
नाथद्वारा	एक धर्मशाला बनवाई।
नासिक	श्रीराम मंदिर बनवाया।
निफल	इसे 'निफाड़' भी कहते हैं। यहाँ डिंडोरी गाँव के मार्ग पर एक कुंड बनवाया।
नीलकंठ महादेव	इस स्थान पर एक शिवालय बनवाया, जो नीलकंठ महादेव के नाम से प्रसिद्ध है। यहाँ देवी का बनवाया हुआ एक अति सुंदर गोमुख भी है।
नैमिषारण्य	महादेव की एक मढ़ी तथा धर्मशाला, घाट व कुंड बनवाए।
परली	बैजनाथ के मंदिर का जीर्णोद्धार करवाया।
पंढरपुर	श्रीराम मंदिर बनवाया और दान द्वारा कई लोगों की सहायता की।
प्रयाग	एक विशाल घाट बनवाया।
पुष्कर	एक मंदिर और एक धर्मशाला बनवाई।
पैठण	अन्नसत्र कायम किया।
पुणतांबे	एक घाट बनवाया।
बदरीनारायण	श्रीहरि का मंदिर, धर्मशाला और अनेक कुंड बनवाए। यहाँ देवी का एक सदाव्रत भी है।
बिठूर	ब्रह्माघाट बनवाया।
बीड़	यह गाँव औरंगाबाद जिले में है। यहाँ एक पुराने घाट का जीर्णोद्धार करवाया।
भुसावल	एक मंदिर बनवाया।
मंडलेश्वर	यह नगर खरगौन जिले में नर्मदा के तट पर बसा हुआ है। यहाँ देवी ने एक घाट और एक शिवालय बनवाया।
मथुरा	एक धर्मशाला बनवाई।
महेश्वर	यह नगर अहिल्याबाई की राजधानी रहा। यहाँ उन्होंने

कई घाट, मंदिर और छतरियाँ बनवाईं। एक सदाव्रत भी स्थापित किया, जिसमें सहस्रों गरीबों को भोजन मिलता था। अहिल्याबाई के समय में हर साल श्रावण मास में धार्मिक आयोजन संपन्न होते थे।

रामेश्वर एक धर्मशाला बनवाई और एक अन्नसत्र स्थापित किया।

रावेर एक कुंड बनवाया।

वृंदावन एक अन्नसत्र स्थापित किया और लाल पत्थर की एक बावड़ी बनवाई, जिसमें सीढ़ियाँ बनी हुई हैं।

वेरुल गौतमाबाई द्वारा बनाए हुए घृष्णेश्वर के मंदिर का जीर्णोद्धार करवाया। एक कुंड भी बनवाया।

श्रीशैल मल्लिकार्जुन नाम का शिव मंदिर बनवाया।

संगमनेर राम मंदिर बनवाया।

सतारा महादेव के मंदिर में एक कुआँ बनवाया।

सप्तश्रृंगगढ़ एक धर्मशाला बनवाई।

सुलतानपुर (खानदेश) मंदिर बनवाए।

सुलपेश्वर अन्नसत्र स्थापित किया और महादेव का एक विशाल मंदिर बनवाया। इस स्थान पर प्रत्येक प्रवासी को एक कंबल और एक लोटा दिया जाता था।

सोमनाथ इसके कई नाम हैं—देवपट्टन, प्रभासपट्टन, सोमनाथ पट्टन। महाभारत में इसका नाम प्रभास पाया जाता है। सोमनाथ महादेव का मंदिर इतिहास में प्रसिद्ध है। सन् १०२४ में महमूद गजनवी ने इसे तोड़-फोड़कर नष्ट कर डाला था। देवी अहिल्या ने इसका जीर्णोद्धार करवाया और मूर्ति की प्राण-प्रतिष्ठा की।

हरिद्वार इस स्थान पर पश्चिमोत्तर दिशा में कुशावर्त हर की पैड़ी के दक्षिण की ओर गंगा किनारे एक घाट बना

हुआ है। देवी ने इस घाट पर एक बड़ी धर्मशाला बनवाई।

हंडिया यह स्थान मध्य प्रदेश में नर्मदा के तट पर स्थित है। यहाँ देवी ने एक धर्मशाला और सिद्धनाथ का एक मंदिर बनवाया। मंदिर ६०-७० फीट ऊँचा और भूरे रंग के पत्थरों का बना हुआ है। यहाँ देवी ने एक बहुत बड़ा घाट भी बनवाया था। एक अन्नसत्र भी कायम किया था।

इनके अतिरिक्त देवी ने कई छोटे-मोटे गाँवों में अन्नसत्र कायम किए थे और यात्रियों के लिए धर्मशालाएँ बनवाई थीं। उन्होंने अपने समय में असंख्य देवालयों का जीर्णोद्धार करवाया। वे भूखों को भोजन और प्यासों को पानी देती थीं।

□

देवी अहिल्याबाई की ओर से प्रतिवर्ष निम्नलिखित स्थानों पर गंगाजल बँटता है—१. रामेश्वर, २. मल्लिकार्जुन, ३. जनार्दन वासुदेव (मैसूर), ४. पद्मनाथ जनार्दन, ५. अभिशयन अनंतशयन, ६. बाबाजी गिरि, ७. गोकर्ण महाबलेश्वर, ८. सुब्रह्मणेश्वर, ९. पशुपतेश्वर (नेपाल), १०. द्वारिकानाथ, ११. डाकोरनाथ, १२. उत्कंटेश्वर महादेव, १३. अवंद्य जगन्नाथ, १४. परली वैजनाथ, १५. त्र्यंबकेश्वर, १६. रामपंचवटी, १७. मातृगया सिद्धेश्वर, १८. भीमशंकर, १९. पंढरपुर, २०. एकलिंग महादेव, २१. कपिल मुनि, २२. केदारेश्वर, २३. सोरठी सोमनाथ, २४. नाथद्वारा, २५. विश्वेश्वर महादेव, २६. गिरगेश्वर, २७. लोटेश्वर, २८. जेजूरी, २९. उज्जैन, ३०. महेश्वर, ३१. ओंकारेश्वर, ३२. बनारस, ३३. बदरी-केदारेश्वर, ३४. जदाखंडी।

□

देवी अहिल्याबाई ने जिन-जिन स्थानों पर निर्माण आदि के धार्मिक कार्य किए-करवाए, उनकी जो सूची कवि खुशालीराम ने अपनी पद्यात्मक

पुस्तक में दी है, वह इस प्रकार है—

अयोध्या, मथुरा, माया, कांची, काशीस्थ ब्राह्मणान्।
पुष्करस्थान, कुरुक्षेत्र, द्वारिकाश्रित भूसुरान्॥
गया, प्रयाग, रामाद्रि, सुक्षेत्रोत्तम संश्रितान्।
जम्बू-मार्गस्थिताञ्चापि, ताम्रपर्णी समाश्रितान्॥
अवन्तिका, स्थितान्विप्रान्पूजयामास सर्वदा।
तथैव देवतान्साध्वी पूजयामास भक्तितः॥
स्कन्दं श्रीव्यंकटेशंच श्रीरंगेश महाप्रभुम्।
अनन्तशायिनं, देवं, सेतुरामेश्वरं हरम्॥
कामनाथं तथौकारेश्वरं दिव्यं महाप्रभुम्।
महाकालेश्वरं देवं काशीविश्वेश्वरं प्रभुम्॥
जगन्नाथं स्वयं दिव्यं तथाच बद्रीश्वरम्।
श्रीमंत केशवं देवं जम्बुमार्गेश्वरं शिवम्॥
पांडुरंगं विट्ठलाख्यं गोकर्णेशशिवं तथा।
गोवर्धनधरं नाथमेकलिंगाभिधं शिवम्॥
दुर्गा लम्बोदरं भानुं शिवं नारायण प्रभुम्।
पूजयामास धर्मज्ञा सर्वत्र प्रतिमामयम्॥
येषु-यषुच देशुषु यद्यत्तीर्थ समाश्रितान्।
श्री मल्लारिरावस्य स्नुषा धर्मवती चसा॥
तीर्थे-तीर्थेच सर्वत्र देवान्देवान्हि भूरिशः।
प्रेषयामास सत्प्रीत्या वार्षिकं चाप्युपायनम्॥

□

देवी अहिल्याबाई द्वारा निर्मित देश भर के प्रमुख घाट—

क्रम	**स्थान**	**घाट का नाम**	**घाट का आकार (फुट में)**
१.	वाराणसी	१. दशाश्वमेध या अहिल्या घाट	१९०.६ × ७०.०

		२. मणिकर्णिका घाट	१४७.० × ६६.०
		३. महिलाओं के लिए विशेष घाट	६८.० × ९५.०
२.	अयोध्या में निर्मित सरयू घाट	घाट क्र. १	११०.२ × ४२.१०
		घाट क्र. २	५०.० × ११२.०
३.	हरिद्वार हर की पौड़ी के पास	कुशावर्त घाट	१२८.५ × ६५.४
४.	मथुरा का कालिय दह घाट		१००.० × ८०.०
५.	प्रयाग का घाट		१७५.० × १००
६.	मंडलेश्वर का घाट		२२८.० × १२०
७.	हंडिया (नर्मदा नदी पर बना घाट)		२००.० × १५०
८.	पुणतंबा गोदावरी पर बना घाट		१२०.० × ७५.०
९.	अहिल्याबाई के जन्म-स्थान चौंड़ी में सीना नदी पर बना घाट		लंबाई लगभग ८००
१०.	नासिक के विश्वेश्वर मंदिर के सामने निर्मित वैशिट्यपूर्ण घाट		लगभग १५०
११.	महेश्वर के महत्त्वपूर्ण घाट	१. अहिल्या घाट	१५०.० × २९१.०
		२. राजराजेश्वर	१७१.० × ७६.०

३.	काशीविश्वेश्वर	१०५.० × १००.०
४.	पेशवा घाट	१२१.० × १५०.०
५.	भामलदादा घाट	४५.० × १८.०
६.	सरदार फणसे घाट	९६.० × ४७.०

टिप्पणी : महेश्वर में निर्मित उपर्युक्त घाटों के अतिरिक्त २२ घाटों का संदर्भ उपलब्ध है, जो टीकाराम, गंगाराम जमादारों के नाम से है। इसके अतिरिक्त होलकर नरेशों द्वारा निर्मित और भी घाट हैं। अहिल्याबाई द्वारा कुरुक्षेत्र में लक्ष्मीकुंड, बिठूर के ब्राह्मण घाट का निर्माण का संदर्भ भी उपलब्ध है।

□

संदर्भ सूची

१. लोकमाता अहिल्या—ले. श्री उदयभानू शर्मा
२. अहिल्याबाई—ले. श्री हीरालाल शर्मा
३. 'धर्म भास्कर' (मराठी)
देवी अहिल्याबाई होलकर विशेषांक—संपादक—श्री अवधूत शास्त्री
४. अष्ठावधावी (मराठी)—ले. श्री प्रभाकर पानट
५. इंदौर का होलकर राजवंश—ले. डॉ. गणेश मतकर
६. महेश्वर दरबारची बातमी पत्रे (मराठी)—संपादक—श्री द.ब. पारसनीस
७. होलकरांची कैफियत (मराठी)—संपादक—काशीनाथ नारायण साने
८. अहिल्या स्मारिका—प्रकाशक—खासगी (देवी अहिल्या चेरिटीज ट्रस्ट), इंदौर
९. A memoir of Central India including Malwa, Vol. I & II—By Major General Sir John Malcom.
१०. होळकर शाहीच्या इतिहासाची साधने
पत्र व्यवहार खंड-I (मराठी)
संशोधक, संपादक व लेखक : अनंत नारायण भागवत।

□□□